JN094598

千恵と僕の約束

Chie and my promise

成田たろう

NARITA TARO

幻冬舎 MC

千恵と僕の約束

目次

冬の訪れと卒業式

妻と娘が旅行でいないある夜、私は自宅のピアノを弾いていた。

私は、ピアノを弾くことになるとは夢にも思っていなかった。ピアノのような右手と左手を別々に動かさなくてはならない器用なことなどできるわけはないと思い込んでいた。

私がピアノを弾きはじめたのは、結婚前に妻とした〝とある約束〟がきっかけだった。ピアノを弾くことに夢中になりながらも、このままピアノを弾き続けても良いのかと自問自答していた。

＊

ある年の十一月中旬、ボジョレーヌーボーが解禁となり、ワイン好きの妻と一緒に飲むため、残業もそこそこに切り上げて帰宅した。

「あれっ、飲まないの？」

夕食時、グラスにワインを注いだところ、意外な答えが返ってきた。

「ちょっと、調子が悪いんだ」

左胸の下にあるしこりのようなものを指し、

「少し違和感があるの」と言った。

妻は千恵という名である。千恵はしこりを気にしていたが、私は全く気にしていなかった。千恵はワインを口にせず、私がワインを一杯飲んだだけで終わった。翌日から、その事について話すこともなく、一週間程度が過ぎた。夕食時に、いつも愛飲していた缶ビールでさえも、飲まなくなった。

私は、どちらかというと、身体が丈夫な方で、ほとんど風邪などひいたことはない。胸の違和感も時間が経てば、自然に治るだろうと軽く考えていた。千恵は、毎年人間ドックに行き、乳がん検査をオプションで受けていた。前年は行きそびれてしまったが、一昨年の診断結果で、所見は見当たらなかった。

※

千恵と初めてデートした場所は、銀座の居酒屋だった。軽いつまみを二、三品しか注文せず、ビールは何杯もおかわりした。

「お酒、強いですね」と私が言うと、

「昔は、もっと強かったんだけど……」

「ざるじゃなくて、枠だったのよね～」

「病気をして、随分弱くなってしまったみたい」

「病気をする前は、毎日のように上司や知人と会社帰りに飲みに行ってた。お酒を飲むことも仕事の一つだと思っているし、お酒自体も好きなの」

お酒がそれほど好きでない私は、

「えっ？」

と言ったものの、枠という言葉が何を意味しているのか分からない。恐らくアルコールを水のように飲めるのだろうと思い、

「枠って、そんなに強いの？」

と聞き直した。飲むスピードは、彼女の方が断然速かったが、負けず嫌いの私は、何とか追いついていこうと強くもないお酒を必死に飲んだ。そのため、自宅までどのようにして帰ったのか覚えていない。朝気が付いてみたら、ベッドの上に横たわっていた。酔いが醒めてきたところで、酒の席で何を言ったのか記憶を手繰ってみたが思い出せない。何か気に障るようなことを言っていないだろうかと気になっていた。

＊

千恵は、私と同じ会社の営業を統括する部署に所属していた。仕事柄、いろいろな営業マンと会話することが多く、見た目が派手で、社内では目立っていた。そのため、デートは休日の夜遅い時間帯が多く、こっそり会って飲みに行ったりした。千恵と付き合っていることは誰にも話をすることはできなかった。

千恵は、海外旅行が好きで、学生時代や社会人になってからも、一年に一、二回は友人と出かけていた。観光名所や美味しかった料理を何度となく、話してくれた。私は、あまり旅行に関心がなく、ジョギングやゴルフが好きだった。千恵と私とでは、趣味は全くと言っていいほど合わなかった。

実家を離れ、一人暮らしをしていた千恵は、部屋で録画した恋愛もののドラマを見ることが好きだった。私も付き合う以前から、たまに見ていた。千恵の部屋でドラマを一緒に見ることが楽しみの一つだった。

当時流行っていた、恋愛ものを二人で毎週見ていた。千恵はそのドラマの主人公の大ファンで、ピアノを弾いている姿を見て、

「カッコいい、男の人がピアノを弾いているのって、素敵だよね」

「俺もピアノくらい、練習すれば弾ける、結婚するまでに聴かせてあげるよ」

勿論、ピアノなど一度も弾いたことはなかった。自宅にピアノはあった。練習するつもりがあれば、いつでも弾くことはできる。千恵の気を引くためだった。

ある日、千恵が、

「私、三十歳の誕生日に、医者から死を宣告されたことがあるんだ」と言った。

見た目からは想像できなかった。

「ふ〜ん、でも今はこうして元気になっているんだから、過去の病気のことは気にする必要ないんじゃないの」

「私は、身体が一部、不自由で、いろいろと迷惑かけてしまうことも多いと思うよ」

「結婚する前に、本当のことを言ってくれてありがとう。いいよ、迷惑かけても、全く気にしていないし……」

と即答したが、内心穏やかではなかった。体を動かすことが好きな私と何でも一緒に行動を共にできるのか不安な点もあった。ただ、当時聴いていた音楽やドライブ、公園で遊ぶ等の趣味は同じであったこともあり、この人となら生涯を共にして生きていけると思った。

結婚式一週間程前から些細なことで喧嘩をし、お互い連絡もしなかった。結婚式当日は式が挙げられるか、正直なところ分からなかった。もし、式場に行って千恵がいなかったら、結婚式に来ていただいた来賓の方になんて言い訳しよう？　会社の上司や同僚も大勢呼んでしまった。いなかった場合の言い訳をずっと考えていた。

結婚式当日に式場に行くと、千恵はいた。

「やあ、久しぶり、来ないかと思った」と千恵は言った。私も対抗し、

「ここで何してるの？」

と言い返した。この先、本当にこの人と生涯を共に暮らしていけるのか？と少し疑いを持ったが、今更手遅れであり、なんとかなるだろうと思い直した。それより、結婚式場に来てくれた安堵の方が強かった。

結婚後三か月程度が過ぎ、妊娠が分かった。

「新しい家族が一人増えるね」と私は言った。千恵は、

「絶対、女の子がいい」

「着飾って、可愛くする」

「小さいうちから、いろいろ習い事をさせるんだ」

と言って、楽しみにしていた。その反面、大病を患ったことで、

「子供を産むのが怖い」

「どうして？」

「結婚前に患った病気のせいで、胎児に異変があったら私のせいだから……」

「その時はその時で、どうすればいいか、考えればいいことじゃない。起きるかどうか分からないことを今から心配してもしようがないでしょう」

「名前は何にしようか、今から少しずつでも、考えておかないとね」

翌日、姓名判断の本を購入し、名前を考えることが楽しみの一つになった。

その数日後、流産した。気丈な千恵ではあったが、涙は隠せなかった。

「ごめんね、新しい家族できなくなっちゃった。ごめんなさい」

私は、気にしていなかった。千恵は、結婚する前、

「私は、あまり子供は好きじゃないの」

と言っていた。結婚し、妊娠すると考え方も変わるのかと思ったほどだ。

その翌年の秋に、娘が生まれた。娘を彩と名付けた。一回流産した後の子供で、女の子が欲しいと常々言っていたため、娘が生まれた時は大喜びだった。私は、元気に明るく育ってくれれば、それだけでいいと願っていた。

千恵は、娘を幼少の頃より、千葉県からわざわざ都内の私立幼稚園に通わせ、いろいろな習い事をさせてきた。娘の教育は、全て任せていた。千恵と私とでは、生まれも育った環境も全く異なり、考え方も違う。娘と長い時間関わっているのは母親であり、私は千恵の言動にはほとんど口を挟まなかった。

「私って、良妻賢母でしょ？」と鼻に付く言い方だったが、

「そうだね、いつもご苦労様」

と軽く受け答えしていた。私は聞き役であり、千恵が無理を言った時や娘と言い争っている時ぐらいしか口を出さなかった。

娘の成長の過程が分かるようにと、誕生から中学生になるまで、毎年誕生月にスタジオで写真を撮っては額に入れ、壁に飾っていた。千恵は

「こうやって生誕の時から見ると成長の過程がよく分かるよね」

と言っていた。私が幼少の頃は、自宅にカメラなどというものはなく、写真を撮ってもらった記憶がない。その頃の写真を白黒の写真で二、三枚見たことがあるが、それ

もどこかにいってしまった。娘の額に飾ってある写真を見比べてみると確かに成長がよく分かる。千恵は口癖のように、

「彩ちゃんが結婚してパパと二人きりになった後、老後の楽しみのために、写真はいっぱい撮っておくんだ」と言っていた。

私は平日は、帰りが夜遅くなることが多かったため、一年の大切な行事だけは、必ず外さないようにしていた。千恵もそれをよく分かっていた。千恵と娘のご機嫌をとるために、毎年のように家族で海外旅行に出かけ、写真をいっぱい撮ってアルバムにしていた。娘が家を出た後、アルバムを見返すことを楽しみにしていた。

あるとき些細なことから喧嘩をしたことがあり、半年ほど口を利かなかったことがある。二人とも強情で、負けん気が強かったせいか、相手に対して、絶対頭を下げなかった。

慎重派の千恵と楽天家の私とでは、考えや意見も随分と違っていたが、強情なところは共通していた。

＊

左胸の痛みが治まらないため、千恵が独身時代に通った、実家に近いところで診察

することにした。病院に行く車の中は、重苦しい空気が漂っていた。

「今日のお昼は何を食べようか？　帰宅途中でレストランにでも入って、ランチを食べよう」

と私から切り出してみたが、返事はなかった。

病院に到着した。その日は金曜日で、待合室は混雑していた。名前が呼ばれ診察室に入っていった。十分もかからず、診察室から出てきたため、何もなかったので良かったと安心しきっていた。

「どうだった？」と聞くと
「これから、ＭＲＩの検査」

間もなく、再び名前が呼ばれ、検査室に入っていった。やはり何か異常な状態になっているのではないかと胸騒ぎがした。

検査室から千恵が出てきた。何もないだろうと思っていても、検査の結果を聞くまではやはり不安が募る。

「大丈夫、心配ないよ。一昨年の人間ドックでも所見はなかったし……」

と言ったものの、心臓は高鳴っていた。再び名前が呼ばれ、診察室に一緒に入っていった。ＭＲＩの結果を映し、医師から出た言葉は、

「左胸に悪性の腫瘍があります。腫瘍の大きさは六・七センチほどあります。ステージはⅢの末期です。ここでの治療は無理なので、大きな病院を紹介しますが、どこかリクエストはありますか？」だった。

「特にありません」

と千恵が返答した。軽度の病状であり、直ぐに治るだろうと思っていたため、他の病院を紹介してもらうことになるとは思いもしなかった。医師は、都内の有名な病院を紹介してくれた。千恵も私も、その病院は知っていた。私は、大きな病気をしたことがなかったため、腫瘍に関する知識もなく、その時は、悪性の腫瘍が何を意味しているのか分からなかった。医師はがんとは言わなかった。

病院帰りの車の中、お互いに無言だったが、千恵が重い口を開けた。

「これから、どうしよう？　彩ちゃんも受験前だし、病気のことは黙っておくことにしましょう」

今までに、ほとんど病院に通ったことがなかった私は、その場の雰囲気を察し、悪性の腫瘍ががんであることを確信した。

娘を小学四年生から塾に通わせ、中学受験が二カ月後に迫っている。がんという病気の知識がないとはいえ、自分の母親が乳がんと知ったら、どんなにショックを受けることだろう。

「そうだね」

と間をおいて、返答した。少なくとも試験が終わる日までは黙っておくことにした。

毎年のように行っていた人間ドックの検診結果を病院に行って確認したかったが、やめた。今更何を言っても始まらない。妻ががんを患うなんて思ってもみなかった。

がんと宣告される＝死を宣告されると思い込んでいた。私の身近にいたがんを患った人は皆亡くなっていた。千恵は、会社に勤めていた時、仲の良かった先輩が若くして、乳がんで亡くなっているのを目の当たりにしていた。

車を運転している最中、この先、どうやって生きて行けばいいのだろう？など思いを巡らしていた。

自宅に戻り、千恵は、

「あと、どのくらい生きられるかな？　彩ちゃんの小学校の卒業式までは生きられるかな？」

「彩ちゃんの成人式も結婚式も見られないんだね」

千恵と肩を寄せ合い、一緒に泣いた。私は、

「以前、大きな病気を患った時だって、医者から死を宣告されたって、今こうやって

生きているじゃないか！　まだ死ぬと決まったわけではないんだから、一緒に頑張って克服しよう！」

「うん、分かった。頑張ってみる！」

と千恵も言ってくれた。心がまだ折れていないことだけが救いだった。

その日、午後から出社するために、会社の上司に電話を入れた。電話をする声が詰まって出ない。

「どうした？」と上司から声をかけられた。

「家内が病気になってしまいまして……」

「午後から出社します」

とだけ言って、電話を切った。

会社に行っても、仕事は手に付かなかった。私たちの仲人であり、奥様をがんで亡くされた元上司が座っている席に自然と足が向いていた。今直ぐにでも、誰かに胸の内を話したかった。

「実は、妻が乳がんを患ってしまって……」

「今日、午前中に病院に行って、検査したところ、ステージⅢの末期と言われました」

「この事態にどう対応していけば良いのか？　今できることは何でしょうか？」

個室で話をしたが、涙声で話がしどろもどろになっているのが自分でも分かった。いろいろアドバイスをいただいたが、よく覚えていない。自席に戻り、

「目が腫れて、赤くなっているけど、どうかした？」

と隣席の人から言われたが、何も返事はしなかった。就業終了時刻まで、ずっと上の空だった。


千恵ががんと診断されてから、仕事が手に付かなくなった。インターネットでがんを克服した人の体験談や治療法を時間の許す限り検索した。効果があると信じ、ある治療の本を購入した。そこには、

・コーヒー浣腸
・飲尿
・人参ジュース

と書かれていた。他にもいくつか書いてあったが覚えていない。何でも試してみることにした。


千恵は、コーヒー浣腸を嫌がっていた。

「これ、本当にがんに効くの？」

「本に書いてあるんだから、間違いないと思うけど……」

と返答したものの、疑いは少なからずあった。最初に私がやってみた。がんを患った人でなくてもきっと試してみても大丈夫だろうと思った。その後、千恵も一日三、四回を二、三日繰り返してみた。一回の浣腸に時間がかかるうえにセッティングが面倒なことやがんの治療に直接関係するとは思えなかったため、数日でやめた。

大きな地震で生き埋めになり、助かった人の話を聞いたことがある。その方は、自分の尿を飲料として生き長らえたと話をしていた。医者は勧めてはいないが、非常事態の場合だから仕方のないことと割り切ったのだろう。本にも書いてあったので、「飲尿ってがんに効くって書いてあるけど、やってみたら……」と誘ってみたが、「それはできない、排出物なんだよ、飲むくらいなら死んだ方がまし。他のことだったらできると思うけど……」

それ以上無理強いはしなかった。病気には効くのかもしれない。もし、私ががんを患っていたら、飲尿はできただろうか？　藁にもすがる思いだった。

その他にもがんに効きそうな本やＤＶＤを購入し、試しに行ってみたが、効果がありそうなものは見当たらなかった。やはり、医者に頼らざるを得ないのか？　私は、がんに効く方法を探してみたが、結局見つけることはできなかった。

十二月のある休日、私は都内の有名な厄除けの神社にいた。最も愛する人ががんに

なり、居ても立っても居られなかった。私は手を合わせ、

「神様、千恵を助けてあげてください」

と何度も小さな声で叫んだ。どのくらいその場にいたか覚えていない。帰りがけに厄除けの白い御守りを買い、千恵にそっと手渡した。千恵は一言、

「ありがとう」と言っただけだった。

会社にいた時間のうち、打ち合せや会議の時は他の人と会話していたため気が紛れたが、自席に一人でいる時は、千恵の病気のことばかり気になって仕事が手に付かなかった。会社の人に涙を見せまいと必死に耐えていた。

でも、どうして千恵が……。神様を呪った。

娘はまだ小学六年生で母親を必要としている。順調にいけば、娘が大学を卒業するまであと十年余りある。大学を卒業したら、手がかからなくなり、趣味の旅行や余暇を楽しめると思っていた。まだまだこれからなのに。

いつまでも泣いてばかりいられない。乳がんになった原因を調べていた。

「平熱ってどのくらい？」と聞いてみた。

「三十五・五度程度」

千恵の体温はもともと低めで、代謝は良くない。娘の中学受験のストレスも溜まっ

ているせいか、ここ一年程度は、喜怒哀楽が激しかった。がんにかかりやすいタイプに該当していた。

千恵が患った乳がんがどういう病気なのか？　どんなことをすればいいのか？　どうすれば、治癒できるのか？　インターネットで検索し、本も読み漁った。知識習得に毎日多くの時間を費やした。ただ知識を得ても、何の役にも立たない。それでもいい。分かっていながら、千恵のかかった病気がどういうものなのかを知らずに見過ごすことができなかった。

紹介された都内の病院に通うようになり、検査の日が続いた。検査はできる限り、一緒に行った。セカンドオピニオンも紹介された。そこの医師は、

「このクリニックは、入院はできませんが、手術でがんを取ることはできます。抗がん剤の治療も通院でできます。奥さんの病状を見るとがんは日増しに大きくなっていると思いますので、できるだけ早めに手術することをお勧めします。ここであれば、すぐにでも手術することは可能です」

と言った。通っていた病院の治療方法と違っていた。がんを切り取らずに一日一日を過ごすことが、死に一歩ずつ近づいていることを実感した。

私は、娘の中学受験も重要だが、がんを一時でも早く取り除きたかった。一分一秒

がとても長く感じられた。私たちはどちらの治療方法が良いのか、判断しかねていた。

知人の紹介で、保険の利かない医療を行っているマンションの一室にも行ってみた。そこで治療を行っている女性スタッフの方に、

「妻が乳がんのステージⅢの末期と診断されまして」と言うと、

「がんを患った方で余命宣告を受けた方は多数いらっしゃいます。医者から見放された方にリンパのマッサージを行い、克服できた方も数名いらっしゃいます。私たちスタッフを信頼して、通ってみませんか？」

と言ってくれた。私たちはその言葉を信じ、往復四時間かけ週に二回ペースで通った。他の病院にも行ってみたが、結局、最初に紹介された病院の評判が良く、先進の治療ができると信じ、その病院で治療を続けていくことに決めた。

千恵は毎日のように検査を受け、疲れも重なり悲観的になっていた。いくつもの検査の中で、がんが骨に転移しているか調べる検査があった。放射性医薬品を注射するのであるが、この注射がとても痛いらしい。痛みには強い千恵が、その検査が終わり、帰宅後、

「今日の注射は、涙が出るくらい痛かった、パパなら、えんえん泣いていたと思うよ」

「毎日毎日、検査検査でくたくただよ」と言った。

私は、黙って聞いていた。千恵は検査のために必死に頑張っていた。私は検査に一緒についていくだけで、何もしてあげられない。気の利いた思いやりのある言葉もかけてあげられない。

大きな病院になればなるほど患者の数が多く、手術を受けるまでに長い時間がかかる。こぢんまりとした病院であれば、もっと早く手術できたかもしれない。通っていた病院は有名で、検査や手術などいろいろなことに時間がかかった。セカンドオピニオンで行ったクリニックの医師はすぐにでも手術してくれると言っていた。今通っている病院で治療や手術をすることが本当に正しい選択だったのか少し悩んでいた。私は、担当医師に、

「出術の日をできるだけ早めにしていただけませんか?」と尋ねたところ、

「手術ができる日程ですが、一月下旬と三月上旬のどちらかになります。その日以外は、他の患者さんの手術で埋まっています」

「他の病院で治療をするのであれば、紹介状を書きます。検査結果は持ちだせないので、また一から検査することになりますが……」

半分、脅しのようにも聞こえた。手術を早めるため、また同じような検査をすることはしたくなかった。

有名な芸能人や政治家の方は、がんと診断されたら、すぐにでも手術してもらえると聞いたことがある。知人から、

「病院の偉い人と繋がりがあれば、早めに手術してもらえると思うけど、知っている人はいないの？」

と聞かれた。私は、首を横に振っただけだった。私に権力や地位があれば、早めに手術をしてあげられたかもしれないのに！　と自分の無力さを感じていた。

一月下旬の手術では、受験期間中、千恵は不在となる。娘が安心して試験を受けることができるよう手術の日程は三月上旬に決めた。受験後の空いている日は、そこしかなかった。あと三カ月後である。

＊

闘病生活が始まった。

お笑いは免疫力向上になり、がん細胞を死滅させることができるとネットに書き込みがあったのを見た。私はそれからというもの、笑いの話をネットで検索し、一日一個選んで千恵の携帯メールに送ることにした。お笑いの話は多数あり、そこからどれか一つ面白いと思うものを探すのは時間がかかったが、少しでもがんの進行を抑える

ことができればと願っていた。

笑い話のコメントがメールの返信で返ってくる。

「全然、面白くないいんだけど、これのどこが笑い話なの？」私は、むっとして、

「面白くない話でも、笑っていた方が免疫力は向上するんだよ、知ってる？」

と返した。たまに面白い話を送った時は、夕食時など家族三人が顔を合わせている時に、

「ねぇ、パパ、あの面白い話をして！」

とせがまれる。しぶしぶと面白い話をし始めていると、

「少し、内容が違うんじゃない？」

と問い詰められる。長文を全て頭に記憶させているわけではないので、少しは間違える。また、正確に内容を話していても話し方によって、面白い話が面白くもなく聞こえる。それでも、家族の会話が生まれ、和やかな雰囲気で食事ができることに満足していた。

娘が塾に行っている時などは、レンタルＤＶＤで笑える映画をよく借りて観たりしたが、面白かったというものはなかった。それでも良かった。千恵に寄り添ってあげることが大切だった。

千恵の気持ちが滅入っていると思い、クリスマスイブに横浜に出かけた。どこもカップルや家族連れでごったがえしていた。辺りの人は皆、楽しそうで幸せそうに見えた。

他の人たちが羨ましかった。

千恵は写真が好きで、いつもなら、パパ、写真撮ってとせがむが、その時は何も言わなかった。私から、

「写真を撮るから、そこのクリスマスツリーの前に立って」

と言い、何枚か写真を撮った。空元気を装っていることは分かっていた。レストランに入ってメニューを見ていると、千恵が、

「あまり、お腹が空いていないんだ。でも、どうしてこうなっちゃたんだろう？　悪いことしたかな？」

私は返す言葉が見つからず、少し間をおいて、

「まだ、この先どうなるか分からない、治る可能性だってある。希望を持って生きよう」

と励ました。できれば、千恵と代わってあげたい。私がいなくなっても千恵や娘は、この先も元気に過ごしていけるだろう。私は千恵がいなくなった自分を想像することができない。ちゃんと娘を一人前に育て上げ、一人で生きていけるのか？と自問自答していた。

去年まで楽しかったクリスマスイブが一変した。できることならあの頃に戻りたい。

私たちは、横浜の夜景を後にして、早々に家路を急いだ。

千恵は気丈な性格だったため、自分ががんになったことを自分の両親や姉に話をするのを躊躇《ためら》っていた。

ある日、義姉から、

「チーちゃん、顔色も良くないし、元気ないみたいだけど、もしかして病気？」

と聞かれ、千恵は義姉に病気のことを打ち明けたと聞いた。

義姉と会う機会があり、

「チーちゃん、昔から見栄っ張りで、自分が病気のことは話さないんだよね」

「私に何かできることがあれば、言ってくださいね」と言ってくれた。

娘のママ友で、中学受験や学校行事、飲み会・ランチ会など何度も一緒に行き、とても仲が良かった人にも話をしなかった。自分ががんであることを知られたくなかったのだろう。病気になってから、人と会うのを避けるようにもなった。自分ががんだと分かったら、離れていってしまうのを気にしていたようだ。

毎年、お正月に千恵の実家で各家族が集まり、新年の顔合わせが行われていた。我が家は、千恵の体調不良を理由に欠席した。新年早々、病気の話はしたくなかったことや同情されることを千恵自身が一番嫌っていたためだ。

私の仲の良かったゴルフ仲間ががんを患った時、ゴルフに誘うのをやめた。月に一回の飲み会も無くなった。がんになるとは、どんな仲の良い人や親族でさえも、遠ざけてしまう魔力を持っているように感じる。

千恵が病気になる前は、月に一回程度の割合で会社の仲間や知人とゴルフに行っていた。十二月に年末ゴルフの誘いがあった。

「その日は都合があって不参加」

と即答した。用事はなかった。辛そうな顔をしている千恵をおいて、好きなゴルフを楽しめなかったし、楽しみたくなかった。年が明けてからも誘いはあったが、全て断った。ある時から誘いはなくなった。理由は話さなかった。

病気になる前、千恵を誘ってゴルフの練習場に連れていったこともあった。いつでもラウンドに出られるようクラブとシューズも購入した。

「ゴルフに行ってくるよ」

と言えば、反対はしなかったかもしれない。ただ、今はゴルフなどやっている状況ではない。それ以降、ゴルフは封印している。

＊

インターネットでベータカロチンの多い人参ジュースはがんには効能があると見つ

けた。人参は好きではなかったが無理強いさせ、毎日一リットル以上飲ませた。千恵は、私の言ったことを信じ、それに従ってくれた。私が言ったことを信じてくれる千恵がいじらしく、病気を完治させるためなら、何でもする覚悟ができていた。

がんと分かった当初、最寄りのスーパーで売っている人参ジュースを飲用していた。ビン底に人参が沈殿し飲みづらいため、千葉県の内陸地にある農協に購入先を変えた。そこは、高速道路を使い一時間半程かかるところにあった。一回行くと十二ケース、約三百本分を購入し、二カ月に一回程度買いに出かけた。ある時、店員の方から、

「お祭りかイベントでもするんですか？」

と尋ねられた。一家でこれほどの量を飲むとはとても想像できなかったのだろう。一ケース購入する人もそういないようだ。私は、

「家族が多く、全員これが好きで、健康維持のため毎日飲んでいるんです」

と嘘の回答をした。何回も通ったため、店員の方と知り合いにもなった。それでも、妻が、がんを患い、人参ジュースが身体に良いからとは言えなかった。がんという言葉を口にしたくなかった。本当のことを話したら、それはお気の毒にと思われるだろう。そう思われたくなかった。千恵は、

「美味しくない、美味しくない」

と言っては、毎日何本も飲用していた。そのうち、娘と私も毎日一本程度を飲用することにした。同じ物を飲用することで、千恵の気持ちを少しでもなだめたかった。私は、

「彩ちゃん、この人参ジュース、美味しいよね？」

「うん、以前のものよりずっと飲みやすいし、口当たりもいいし、何より、健康にとっても良さそう」

「ママ、味覚少しおかしいんじゃない？」

娘にはまだ千恵の病気について伝えていなかったが、もしかしたら病気のことは気づいていたのかもしれない。その場の空気を察し、気遣いしてくれた。

人参ジュースを買うために高速道路を使い、千葉方面に向かっていた。降りる出口は何度か教えてもらっていたが、いつも降りる際に不安になっていた。

「この出口で降りるんだっけ？」

と独り言を呟いた。そう思っていた途端、降りなければならない出口を通過してしまい、一つ先の出口まで行ってしまった。高速の出口を出てから左へ曲がるがいつもと景色が違う。その時、初めて間違いに気づいた。やっぱり、一つ前の出口で出なくてはいけなかった。千恵から何度か出口の場所を聞いていたので、今更電話で確認するわけにはいかない。我が家の車にはナビは付いていない。二時間程度彷徨《さまよ》い、方向だ

けを頼りにやっとの思いで目的地に到着した。品物を買い、携帯メールで帰るコールをすると、

「道間違えてそんなに遅いんでしょ！」

やはり見透かされていた。自宅に戻ると、

「何度言っても分からないんだから、ナビ付けた方がいいんじゃない？」

千恵は、私が頑固で強情な性格だと知っていながら、わざとそういう言い方をした。

私は聞き流しながら、

「そうだね」

と相槌を打ったが、未だにナビは購入していない。

＊

病気を治すには、運動と睡眠と食事の三つの方法が有効だと知人から教えてもらった。そのことを信じ、一つ一つ見直して、少しでもがんの進行を抑えたい。

まずは、運動だ。既に肌寒い時期になっていたが、

「日中の暖かい時間帯に、一緒にウォーキングでもしない？」

「身体が冷えないように少し厚着して、多少心臓に負担がかかるくらいで、二十分程

度以上やるのが良いみたいだよ」

と誘った。休日には、三十分から一時間程度、一緒に散歩をした。自宅にいる時は、必要なことしか会話しないが、外では不思議と話のネタを思いついた。

「小さい時は何になりたかった？」

「通っていた料理教室では何を作ったりしたの？」

等、今までしたことがないような他愛もない話もした。一緒にいて話をすることで、心の安らぎになればいい。

寒く、外に出ることが辛い時のために、自宅でもウォーキングできるルームランナーを購入した。部屋を暖かくし、ルームランナーを最長の三十分に設定した。千恵が体を動かしているところを見るのが好きになった。

千恵がルームランナーをしている間、

「いち・にい・いち・にい……」

と声を出してやる気を掻き立てた。汗をかいて代謝を良くし、免疫力を向上させ、がん細胞を死滅させることができるのではないかと自分を信じ込ませた。頑張っている千恵を見て、

「毎日、継続することが大切だから、無理せず、明日も頑張ろうね」と言うと

千恵は、

「がんになんか負けてられない」そう言ってくれた。

次に睡眠だ。

千恵は、がんの痛みで寝つきが良くないことや朝起き上がることが辛い時がしばしばあった。また、横になっている時間が多くなっていることを考慮し、

「寝ることも一種の治療だと思って、質の良い睡眠ができるようなベッドを購入したら」

と提案すると、

「うん、分かった。週末に一緒に見に行って！」

と言った。私の言っていることを前向きに考えてくれるようになった。以前はそうではなかった。今は、共通の目標を持っている。その週末、医療用・介護用で使用するベッドを購入した。身体に負担がかからず、自由に角度が調節できることから、痛みで目覚める回数が減り、寝起きも楽にできるようになったと言っていた。

最後に食事だ。

担当医や看護師さんたちは、

「何でも好きな物、食べていいですよ」

と言ってくれてはいたが、信じていなかった。がんを患ってから、栄養のある好きな

物を食べさせてあげたいとの一心で、千恵の好きな物やカロリーが高い食物を買って帰り、夕食の食卓に並べた。がんに効果がある食品の本を読んでいた。魚類、野菜、茸類、海藻などが効果があると書いてあった。千恵が好きでないものばかりだった。書いてあることを鵜呑みにし、

「明日から食材を変えてみようと思うけど、我慢できる？」

「我慢する。少しでもがんの進行を抑制できるなら、何でもする」

翌日から、魚や野菜中心の食生活に変わった。油も身体に良いものに切り替えた。塩分は良くないとも書いてあった。口にする食品は、塩分量がどのくらい入っていて、どういう成分でできているか含量をチェックし、他のメーカーのものと比較して買う癖がついた。塩分の多い食品は買わず、少し高くても塩分の少ない食品を選んだ。

一人で食品の買物に行ったことがなかったため、商品の値段の高い・安いも分からない。買物に行く時は、スーパーの広告に目を通し、買物リストを作り、品物の値段の目安を書いてもらった。

「高かったら、買わなくていいからね。買っちゃだめだよ」

とさんざん言われていた。たまに安価なケーキやフルーツなど余計なものを買って帰ると注意された。少しでも安く購入するため、毎日広告を見る習慣がついた。月曜日

と金曜日は野菜が安い日、水曜日はパン類が安い日など、いつ何を買えば良いかが自然と身に付くようになった。

いつしか、女子力が身に付き、栄養のバランスを考え、摂取カロリーなどを見る習慣が身に付き、食品の相場や買物の楽しさが分かるようになった。

食卓には、千恵専用のおかずと娘・私用の二種類のおかずが並んだこともあった。千恵は、自分には薄味で野菜中心の油分が少なめのもの、娘と私には、適度の濃味で、カロリーが高く塩分や糖分が入っているものを用意してくれた。ある日、千恵が、

「私もパパや彩ちゃんと同じものが食べたい。いくら身体に良くないとは言ったって、私が食べているもの、味気ないの分かる？　ちょっと食べてみてよ」

そう言って、恨めしそうに私たちを見ている。

「十分、美味しいと思うけど」

と言ったものの、確かに、塩分はほとんど入っていない、低カロリーで薄味な食事に、私は満足できなかった。私が、

「今日の夕飯は、天ぷらが食べたいな」

と言うと、娘と私には普通に油で揚げたものを、千恵は油を使わないノンフライヤーで温めた天ぷらを作った。私もノンフライヤーの天ぷらを食してみたが、物足りなかっ

た。それでも、千恵はできるだけ家族全員が同じ物を食するように時間と手間をかけてくれた。自分が食べられない料理を用意するのは辛かったことだと思う。

ある日の夕飯を餃子にすることにした。三人が各々、自分の食べたい具材を使い、自分で作る。

「私は、挽肉なしの椎茸と野菜たっぷり」

「私のは、挽肉たっぷり、ボリューム満点の餃子にするんだ」

千恵と娘の会話が聞こえる。各自が好きな具材を使って今晩のおかずを作る。何回も分けて食べられるようにとたくさん作った。自分が食べたい物を自分で作るということが、どんなに楽しいことかを改めて感じた。何よりも、家族が顔を合わせて、会話しながら時間を過ごすことがとても貴重で大切なことであると改めて感じた。

TVで、小さな子供が苦手な野菜を自分で育て、自分で調理すると、美味しいと言って食べられるようになると放映されているのを見たことがある。自分で作ったものは、どんなものでも美味しく感じるものだ。

千恵は独身時代、料理教室に通っていた。一人暮らしをしていたため、料理のレパートリーは多かった。クッキーやケーキを作ってくれたこともある。腕を振るった料理も自分は食べず、娘や私のために作り、

「ねえ、美味しい？」

と聞くのは辛かったようだ。それでも私たちが、

「うん、美味しいよ」と言うと喜んでくれた。

我が家では、週末の夕飯を楽しく過ごすために、『居酒屋たろう』という名前の小さな看板を掲げ、三人で食事を取ることが多かった。どこにでもいる温かいイメージと、私が男の子も欲しかったという願望も込めてこの名を採用した。

メニュー表を作り、

「今夜、できるものはこの四品です」

そこから、娘と私が食物を選ぶ。メニューは、いくつか作っておき、月替わりとしていた。千恵が調理担当、私がホール担当、娘がお客という設定だ。たまに役割は変更する。

「お客さん、今日は活きのいい魚が入ってるよ」

とホール担当が言う。客である娘はそれを注文すると、焼き上がった魚を出す。まるで幼児のおままごとのようであるが、これが結構楽しく、家族団欒の時間となっていた。千恵がキッチンで微笑んでいた。

＊

中学受験が目前に迫ってきた。私はどちらかと言うと、中学受験には関心は薄く、どこの学校でも入れればいいし、勉強ができなくても健康で素直な子供になってほしいと願っていたが、千恵の考えは違っていた。

私が小学生の時に住んでいたところでは、中学受験という言葉を耳にすることはなかった。受験する人は、学年で一名いるかどうかだった。中学生になった時に、

「Sさん、学校で見かけないけど、引っ越したの？」

と友人と会話をした。その人は、中学受験し、別の学校に入ったとのことだった。千恵は良い学校に行き、良い会社に就職することがステータスだと思っていた。自分ができなかったことを娘に託したかったのだろう。娘もそう教わって育ってきたし、中学受験をするために小学四年生から塾に通わせた。近所の子供たちも早くから塾に通わせ、良い学校に入ることを希望していた。私は親の見栄で、子供の進路を決めることに少なからず、抵抗があった。生まれてきた時代が違うのか、育った環境が違うのか、私には理解できなかった。周りの大半の小学生が中学受験し、

「Tさんのお子さんは有名な中学に受かったらしいわよ」

などとママ友から情報を仕入れているようだ。千恵は良い学校に入れさせようと躍起になっていた。いよいよこれから本番という時期が迫ってきてはいたが、千恵が娘の受験に付き添うことが難しくなり、私が全面的にサポートすることになった。

「パパ、この週刊誌買ってきて、読んでおいてね」

「何が書いてあるの？」

「中学受験する親の心得が書いてある。まずは、パパに読んでもらってから、面接時の想定問答や面接のリハーサルをしましょう」

千恵は私に、受験のための心構えや面接時のノウハウを教えてくれた。自分ができないので仕方ない。頼られていると思うと悪い気はしない。今まで娘の教育や進路について、全て任せきりにしていた。娘のために自分ができることは何でもしてあげようと意欲が湧いてきた。娘と一緒に受験を乗り切るために、親としてどう振る舞うかを他の雑誌やインターネットで調べてみた。

昔はエスカレーター式に大学まで行けることを望んでいた親が多かった。私も付属の高校に通っていた。そのため、母はそのまま大学まで行ってくれると信じて疑わなかった。母は、

「どうして、ストレートで大学に行かないのよ、理由は何？」

「受験に失敗して、浪人でもしたらどうするのよ」

と問いただした。返答はしなかったが、他の人と同じ楽な道を歩みたくなかった。ただそれだけのことだった。学年の九十パーセント以上の人がストレートで大学に進学したが、私は別の道を選択した。高校三年の時、ほとんどの友人はバイトや遊びで忙しかったが、私は受験勉強を行っていた。どうして、自分だけがこんなに辛い思いをしなければならないのだろうと思ったこともあった。受験に二度失敗し、三度目でようやく大学に入学することができた。学校を卒業し、入社したての頃、同年齢や年下の会社の先輩に、〝さん〟付けして呼ぶことに抵抗はあったが何年も経ち、年齢を気にすることはなくなった。

＊

毎年一月から二月にかけて行われる中学受験の親の気持ちは特によく分かるようになった。

千恵ができないことで、私ができることは全てやりたかった。少しでも家族のために役に立ちたかった。

一月下旬、娘の中学受験が始まった。千恵は自宅で静養し、私が試験会場まで付いて行った。娘と二人きりで外に出たのは、幼稚園に入る前に近くの公園に行ったのが最後だから、どのくらいの時間が経ったのだろう？　娘は覚えてはいないはずだ。娘に、

「楽しんできてね、自信を持って」

とエールを送った。また、別の試験日で面接があったある学校では、面接官から
「お母様は？」と聞かれ、

「風邪を拗らせて、体調が悪いため、私が同席致しました」

と回答した。私の面接の返答が悪く、不合格になるようなことは絶対避けなければならない。事前に面接の想定問答集を作り、千恵にチェックしてもらった。想定外の質問がされたら、アドリブで何とかなるだろうと思っていた。ほとんどの家庭は両親が付き添うが、我が家は父親だけだ。やはり、片親だけだと面接官に対する心証が良くないと思ったが、仕方ない。


私が中学受験に携わったことによって、父親であることの一つでも成し遂げられたと思っている。娘も頼ってくれているような感じがした。日常生活の中で、娘と会話することはほとんどなかったが、勉強以外のことも会話するようになり、少しだけ仲良くなれた。

毎年、二月上旬に有名私立中学の合格発表のＴＶ中継がある。今までは傍観者で、

受験する家庭は大変だなどと他人事のように言っていたが、今は当事者だ。中学受験をいかに乗り切るか、受験の大変さを改めて知った。

中学受験が終わり、私は娘に母親ががんであることを伝えた。

「彩ちゃん、ママね、乳がんというがんの病気にかかっているんだよ。とても恐ろしい病気なんだよ。ママ一生懸命、病気と闘っているんだ。彩ちゃんもママのこと応援してあげて」

「三月になったら、病気の手術のため、しばらく入院することになるけど、我慢できるね」

小学六年生にもなれば、いつも寝たきりになっている姿を見ておかしいと思わないわけがない。娘は私たちから、母親ががんであることを教えられ、どう思ったのだろうか？　ショックを受けているようには感じられなかった。もともと、喜怒哀楽が少なく、怒ったり、悲しんだりするようなところを見せるような子供ではなかった。今までの千恵の状態を見て、重い病気を患っていることは気が付いていたに違いない。

合格発表は家族三人で見に行った。千恵がいちばん合否が気になっていた。私は、中学受験はしていないが、大学受験を三年も経験した。自分の受験番号が壁に張り出されていた時の喜びや安堵感は今でも覚えている。

合格発表の朝を迎えた。千恵も私も落ち着きがなく、そわそわしていた。

「そろそろ、発表見に行こうか」と私が言うと
「なんか、自分事のようにドキドキする」

と千恵は返答した。受験番号が書かれている大きな白い紙が壁に張り出されているのが見えた。千恵は、

「先に行って、見てきて」

見た目と違って、気が弱いところもあるようだ。娘が手に持っている受験票を見て、

「あったよ、ほら、あの受験番号、合格してた」

千恵は今にも泣き出しそうな顔をして、

「良かったね、彩ちゃん、よく頑張ったもんね、おめでとう」

いくつか受験した学校の中で希望する学校に合格することができた。どの家庭でも合格番号を背に本人の写真を撮っている、我が家もそれに倣った。四月の入学式には、千恵も出席できそうだ。ただ、がん切除の手術は一カ月後で、どのくらい進行しているかは分からなかった。

　振り返ってみると、千恵に中学受験という過度のストレスがあり、それが主な原因で、がんになってしまったのではないかと思うこともあった。

中学受験が終わり、塾に通っていた時のテキストやテストを整理していた。

「もしかして、これってネットオークションとかで売れるんじゃない？」

と千恵に聞いてみた。パソコンで調べてみると、同じようなものがネットオークションの商品一覧に出てきた。

「でも、二束三文じゃ、郵送料の方が高くつくんじゃない？」

詳細に見てみると、かなり高値で売買されているようだ。

「私の医療費でお金がかかるんだから、高値で売れるよう、一生懸命綺麗にしてね！」

それからというもの、娘が鉛筆書きしたところは、全て綺麗に消すことが私の役目となった。

特に小学六年生で使用したテキストやテストは、高く売れるようだ。試しに、一カ月分のテキストとテストをネットオークションに掲載してみた。一時間もしないうちに買い手が出た。

「みんな、関心が高いんだね、こんなに早く、買い手が出てくるとは思わなかったよ」

商品掲載期限まではまだ、時間がたっぷりある。特に期限の最終日の数時間前から、買値がどんどん吊り上げられていく。

期限時刻の二時間ほど前から千恵はずっとパソコンの買値を見入っている。

「うぁ、すごい金額になっちゃったよ！」

と驚いている。たかが塾のテキストとテストがこれほど高値になるとは想像もしていなかった。

会社から帰宅後、就寝するまでの大半の時間を掲載の準備に充てた。千恵は、

「今が売り時、他の人も同じことを考えているから、急いで商品を掲載しないと……」

約一カ月の間でほとんどのテキストやテストを売り切った。

「結構、稼げたから、私の医療費のたしになったわね」

値段はいくらでもよかった。千恵が、がんという病に冒されながらも、何かワクワク感を感じ取ってほしかった。

＊

義姉が二月に千葉県から東京都に引っ越しをした。何かお手伝いできないかと家族で引っ越しの手伝いをする予定だったが、千恵の体調が悪く、逆に迷惑をかけてしまった。

「この辺りは、パパの会社にも近いし、駅近で、彩ちゃんが行く学校もずっと今より近くなるから、引っ越しするならこの辺りがいいな」

と千恵は独り言を呟いていた。私は、

「だめだめ、都内に引っ越しする余裕なんて我が家にあるわけないだろ」

と言ってはみたものの、羨ましい気持ちはあった。

その頃から、痛みで横になる時間が多くなり、食事を作るのもままならない状況となっていた。スーパーに行って出来合いのものや総菜を買って食べることが多くなった。手術を待っている時間は特に長く感じ、早く当日がこないものかと願っていた。

病気が見つかるまで、平日はほとんど家族三人で食事をしたことがない。残業や会社の人たちとよく飲みに行った。千恵は、

「飲むのも、仕事のうち」

と言ってくれていたので、飲んで遅く帰宅することに抵抗はなかった。千恵も上司によく誘われた。たまに早く帰宅する日は、誕生日やクリスマスなど、どの家庭でも大切にする日だけだった。その生活が一変した。自分から誘うことはなくなり、誰からも誘われなくなった。後に、千恵から聞いた話では、娘は千恵に、

「パパ、変わったね」。千恵は
「私ががんになってしまったからだよ」

と返答したそうだ。少しの時間でも、今は千恵と一緒にいたかった。もし、病気がが

んでなく、他の病気だったら、これほどまでに家族や家庭に尽力していただろうか？もし、数カ月後に完治すると分かっていたら、同じ言動をとっていただろうか？　私は、家族がもっとも大切だと頭では分かってはいたが、私自身、家庭に入る隙間はなく、遠くから見物していたにすぎなかった。

その後、家事を少しずつ教えてもらうようにした。結婚前は母と実家で暮らし、全ての家事は母が行っていた。結婚後は千恵に家事を任せきりにしていたため、ご飯の炊き方も洗濯の仕方も知らない。家事をすることは嫌いではなかったが、千恵が専業主婦だったため、率先してする必要はなく、しなければならないような状況にもならなかった。

千恵のがんの手術で十日ほど入院することから、ご飯の炊き方と洗濯機の使い方だけは教えてもらった。

「お米の研ぎ方は、一回目の水のすすぎは浸すだけ。その後、手のひらで揉むようにして、四回ほど洗って、はい、やってみて」

私は一回目からしっかりお米を研いでいたので、よく叱られた。私は強情な性格で、千恵が言ったことに、あまり聞く耳を持たなかった。ＴＶでお米の研ぎ方を見ると、確かに千恵の言う通りであった。私は自分のやっていたことを間違いと認め、千恵の

言う通りに正した。洗濯機の使い方では、

「まず、このスイッチを入れて、次にこのボタンを押して、ここに洗剤を、ここに柔軟剤を入れて……」

と教えてくれた。千恵がいないことを想定し、数日後に一人でやってみた。お風呂のお湯取りができなかったのはばれなかったが、洗濯後の衣類を着た時に
「ちょっと痒いんだけど、ちゃんと洗剤と柔軟剤、正しく入れてくれたよね？」と聞かれ、

「ここに洗剤、そこに柔軟剤を入れたよ」

と自信を持って答えたが、どうも洗剤と柔軟剤の入れる場所を間違えたようだ。

「もう、使えないんだから！」

と呆れられてしまった。

＊

三月上旬、がんの手術のため、前々日から入院した。私も入院手続きや娘の中学入学の手続きのため、前々日から会社を休んだ。空いている時間は千恵の病室で一緒の時間を過ごした。

手術をする前日に千恵から質問された。

「この病院の窓って十センチ程度しか開かないんだけど、どうしてか知ってる？」

私は知らなかったので、素直に
「知らないけど、どうして？」

と返答した。千恵は、

「窓から飛び降り自殺できないようにしているんだって」

誰から聞いたか分からないが、なるほど、そういうことか！　がんにかかると精神的に病んでしまうものなのかと思った。

「がんにかかった七割程度の人は気が病んでしまうらしいよ」と千恵は言っていた。

妻が乳がんであることを、会社で仲の良い隣席の人に話をしたことがあった。私は、「実は、家内が乳がんを患ってしまい、手術することになりました。そのため、会社を三日ほど休みます」と言った。その方は、

「私の家内もかなり前になりますが、乳がんを患いました。他の部位にも転移が見られ、精神的にも病んでしまい、精神科の病院にも入院していました。でも、今は元気にしています。奥様に寄り添ってあげてください」と丁寧に返答してくれた。

もし、私ががんを患っていたら、平常心で、日々生活できていただろうか？　自信はなかった。迫りくる死に、自暴自棄になっていたかもしれない。千恵は気丈な性格

なため、自分以外の人に弱いところを見せるようなことはなかったが、きっと心の叫びをあげていたのかもしれない。私は、それに気づいてあげることはできなかった。

手術当日、私は朝から落ち着きがなかった。自分に何度も心配はいらないと言い聞かせてみたものの、心臓の鼓動は高鳴っていた。もし、手術が上手くいかなかったら？　がんが胸だけでなく、全身に転移し、手術ができないようなことになっていたら？　不安が募るばかりだ。

千恵は手術室に入る直前に
「じゃあ、行ってくる、後のことはよろしく頼みます」と言って、私の手を握った。

「大丈夫、心配ないから」

どこか遠くに行ってしまいそうに感じた。病室で手術が終わるのを待つ。気が気でなかった。四時間程度の手術であったが、その何倍も長く感じられた。病室で、手術が終わるのを待っていると、看護師さんが、

「執刀医から手術後の説明がありますので、こちらに来てください」

と言った。私は全身がブルブルと震え、悪い事ばかりが頭をよぎった。気持ちが後ろ向きになり、良いことを想像することができなくなっていた。執刀医は、

「三カ月前は六・七センチ程度の腫瘍でしたが、手術した時点では二十センチ程度に

大きくなっていました。がんは全部取り切りました。臀部を切り取らず、皮膚の縫合ができました」

手術前の担当医との面談で、がんを切除した際、皮膚の縫合ができない場合は臀部から皮膚を切り取り、それを縫合にあてがう。その場合、手術時間は二時間ほど余計にかかると言っていた。

「ありがとうございました」

と一言、お礼を述べた。進行が早かったようだ。完全に切除できたとのことだったので、一先ず安心した。千恵が手術から戻ってくるのを病室で待っていた。移動式ベッドに横たわっている千恵が看護師と一緒に戻ってきた。看護師は、

「熱がありますが、手術後に出る発熱で、明日には下がると思います。大丈夫ですよ」

「奥様、よく頑張りました」

と言ってくれた。私は千恵の手を握り、

「がんは全部取り切ったから、もう心配することはないよ。退院したら、家族三人でどこか旅行にでも行こう」

と耳元で囁いた。千恵は、か細い声で、

「うん、ありがとう」と言ってくれた。

よくTVで、

「がんになっても全部取り切っちゃえば、何でもないのよ」

と、ある年輩の女性の方が言っているのを耳にしたことがあるが、実際そのようだ。腫瘍がある部位を全部取り切ってしまえば、何も問題がないように感じられた。その時は。

＊

手術二日後に大きな地震があった。千恵は病院のベッドでニュースを見ていた。私は会社にいたが、直ぐに病院に駆けつけ、千恵の安否を確認した。義姉も来てくれていた。千恵は病室でTVを見ていた。多くの人や家が津波で流されていた。千恵は、

「私は大丈夫だから。彩ちゃんは大丈夫か、直ぐに帰って確認して！」

娘は携帯を持っていたが繫がらない。安否が確認できないためか気が気でない。電車は止まり、道路も渋滞しているようだ。病院から自宅までは、徒歩で四時間程度かかる。私は歩いて自宅に向かった。多くの人が徒歩で帰路についている。楽しそうに会話している人や文句を言っている人も見かける。今は人に構っている余裕はない。一回も休むことなく家路に急いだ。無事な姿を見ていないため、悪いことばかり想像

してしまう。自宅にはいない可能性が高いと思い、学校に行った。夜の十時近かった。娘は同学年の生徒七名と先生と一緒に学校の教室にいた。学校の先生が、千恵の携帯に電話を入れたようだが繋がらなく、無事であることが伝わらなかったのだ。娘は学校に保管してあった乾パンを食べていた。先生は、

「ご両親が迎えに来ていない生徒さんは、学校側で預かっていたんです」と言った。

他の六名の生徒も同じだった。娘は、

「今日は、調理実習があって楽しかった、友達がいたから寂しくなかったよ」

と言っていたが、いつ迎えに来てくれるのか、待ち遠しかったと思う。無事で良かった。娘の安全を確認後、千恵に娘が無事であることを連絡した。

自宅付近は、地盤が傾いているところや地面が隆起している場所があり、地震の大きさを物語っていた。何とか自宅まで帰ってくることができた。帰宅後、ニュースでは地震のことばかりで、多くの方が亡くなっているとのことだった。

「ママは、手術が終わり、熱も下がっている。少しずつだけど、元気を取り戻しているよ。彩ちゃんも無事で良かった」

私はそう言って、娘をそっと抱きしめた。

娘が通っていた小学校では、その日以降地震の影響で休校となり、しばらくは自宅

で過ごさざるを得なかった。私は会社に行ったが、娘は残された家で一人、昼食を用意し、

「今日のお昼は、これを作って食べました」

と写真付きのメールを千恵に送る。それをそのまま私に転送する。私はそんな写真付きのメールを見て、娘がいつの間にか逞しくなったと思う反面、不憫でならなかった。

手術後、一週間ほど経過し、退院することができた。少しずつ、普段の生活に戻りつつあった。

ちょうど、その頃から計画停電が始まった。私たちが住んでいた場所も計画停電の範囲に含まれていた。まだ肌寒い三月中旬、停電の時間帯はほとんど夕方から夜の時間帯であった。

病院は計画停電をしない。私は、千恵がずっと入院していた方が良かったのではないかと思ってしまったほどだ。

暖房を使用することができないため、何本かのろうそくの炎で暖を取った。私は、

「そう言えば、結婚式でホテルからいただいた大きな長いろうそくがあったね、あれを使ってみよう！」

目盛りが書かれている。目盛りには年数が刻まれていた。

千恵は、毛布にくるまりながら、

「これって、結婚記念日になったら毎年火を灯せってことだよね。いつまで一緒に火を灯せるかな？」

それから、しばらく無言の時間が続いた。

千恵は、がんを切除し、体調は良くなりつつあったが、いずれ死を迎えなければならないことを察知していたのだろうか？

がんは低温を好むとインターネットに書いてあった。免疫力は体温が高いほど大きいとも書いてあった。がん細胞と免疫細胞は毎日闘っているのだから、確かにその通りだ。今は、身体を冷やしてはいけない時に、どうして私たちが住んでいるこの地区は停電なんだ！　と管轄の電力会社を恨めしく思ったりもした。東京都内では計画停電はしないとのことだ。都内に引っ越した義姉が羨ましかった。

計画停電は二週間程度続いた。手術した痛みは徐々に消え、病気が見つかる前の状態に戻りつつあった。電気がなく、まだ寒く、暗い夜でも帰宅時には、

「おかえりなさい」

と言って待っていてくれる妻がいる。帰った時に待っていてくれる人がいるというのは、改めて幸せなことであると感じた。

退院後、しばらくして娘の卒業式があり、

「パパ、彩ちゃんの卒業式に行ってきて。私は行かないから」

と言って、私だけ出席した。千恵は、がんの手術直後の状態で、よく知っているママ友に会いたくなかったのだろう。理由は聞かなかった。私は小学校の行事にはほとんど参加していなかったため、知り合いは二、三人しかいないが、その知り合いの方から、

「お母さんは？」と聞かれ、

「風邪をひいてしまい、体調が悪いので……」

と返答した。娘の行事には必ずといっていいほど参加してきた千恵。PTAの役員を務めたこともある。できれば、出席したかったことだろう。代わりに卒業式の最初から最後までビデオ撮影を任された。自宅で卒業式のビデオを見ながら、

「撮影ポイントが合っていない、手ブレが多くて、画像が揺れている」

あれこれ文句を言っては画像に見入っていた。いつもの千恵に戻っていた。

忍び寄る病魔

四月上旬、娘の晴れの入学式を家族三人で迎えることができた。四カ月ほど前、がんと分かった時は、入学式を迎えられるとは、正直思っていなかった。少し肌寒い日だったが、晴れて、桜が咲いていた。手術後の痛みはまだ少し残っているようだが、どことなくはしゃいでいるように見える。雲の隙間から優しい光が差し込んでいた。

「パパ、写真、写真、写真撮って！」

学校の正門の前で千恵と娘の写真を撮った。千恵が、

「彩ちゃん、誰も知り合いがいないから、早く仲の良い友達ができるといいね」と言うと、

「ママもこれから知り合いがいっぱいできるといいね」

と娘は返答した。手術が無事成功し、千恵は期待に胸を膨らませていたはずだ。

入学式が終わり、川沿いにある、桜が見えるレストランでワインを頼んだ。ワインを飲みながら、私はこの四カ月を振り返っていた。がんと宣告され、千恵と泣き明かした時もあった。千恵ががんの痛みで、終日ベッドから起き上がれなかった時、頑張ってねとしか言葉をかけてあげられなかった。地震で辛い思いをしたこともあった。でも、今は楽しく、幸せな時間を過ごせている。明日からまだ頑張れる。

千恵は、今日のこの日を迎えることができた喜びに、

「良かった、良かった、良い一日でした」

と言った。近い将来を見通せない今、今日という日を何事もなく過ごせたことが、彼女自身にとってとても幸せに感じたのだと思う。翌日から、この言葉が我が家の謳い文句になった。

「これからは、新しいママ友を作らなくちゃ」

気持ちを切り替え、前向きになってくれているのが分かる。娘が入学した中学校は、中高一貫校のため、この学校を卒業するのは六年後だ。私が手を組んで握り締めていると、

「何、お祈りしてるの？」と聞いてきた。私は、

「ママにいっぱい仲の良いお友達ができるようにだよ」と言うと、

「嘘つき、直ぐ顔に出るんだから……」

「私が、卒業式にも出られますようにでしょ？」

千恵は分かっていた。私は、千恵が六年後の卒業式にも出席できますようにとお祈りしていた。

入学式が終わった数日後、ＴＶを見ていたら、
有名な三名の元グループの一人が、乳がんで亡くなったと突然テロップが流れた。

私がチャンネルを変えようとした瞬間、千恵が
「私もああなるのかな？」

と呟いた。千恵は、手術が終わっても完全に良くなっていないことを分かっていたのだろうか？　ＴＶのテロップで流すような重大ニュースではないのに、と思いながら、何も言葉をかけてあげることができなかった。

中学合格のお祝いで、娘に何か欲しい物を聞くと、

「ずっと、ＴＶゲームやりたかったんだ」

勉強以外にもやりたかったことはあったと思うが、我慢をして、ずっと塾に通っていた娘。その週末から、娘はＴＶゲームに夢中になってしまった。千恵は娘がゲーム

をしているところをずっと見ていた。そのうち、千恵も見ているだけでは飽きてしまい、

「私にもやらせて」

と言って、お気に入りの戦車のゲームに夢中になった。私もこれに没頭してしまった。

休日になると、朝からずっとこのゲームをやり続けていた。千恵は、ゲームに夢中になり、夕飯を作るのを忘れたため、

「パパ、夕飯作るの忘れちゃったから、何かできあいの物を買ってきて。任せるよ」

と言って、娘とゲームをしている。千恵と娘は呼吸が合うらしくペアでの対戦ではかなり上のレベルまで到達していた。娘と私のペアで対戦すると、

「パパが下手だから、直ぐにゲームオーバーになっちゃうんだよ、私と彩ちゃんがペアを組むとレベルがこんなに上がるよ」

と自慢していた。千恵はゲームをやっている間、とても楽しそうだ。私と娘がやっている時は、千恵は見ているだけなので、

「早く、やられちゃいなよ」

と言って、交代をせがんだ。ある休日の夜、いつものように千恵と娘がゲームで遊んでいる最中に、私がお風呂に入っていると、

「最高レベルを更新した。パパにも見せたかった」

と風呂場の外から叫んでいる。よほど嬉しかったのだろう。私は湯舟につかりながら、昔好きだった歌謡曲の鼻歌を歌っていた。

※

手術後三カ月が経過し、検査と術後の病理結果を聞くため、病院に向かっていた。

「手術は成功したと執刀医も言ってたし、今はどこも痛くないんでしょ？」

と私から言い出した。千恵は、

「痛いところはないよ、何もなければいいんだけど……」

検査が終わり、診察室に呼ばれた。七カ月前、あの病院で、がんを宣告されたことが脳裏に蘇ってきた。

「大丈夫、心配ないって」

と言ったものの、心臓の鼓動が速くなっているのを感じた。

担当医師から出た言葉は、

「リンパへの転移が見つかりました」

だった。再発した。五年生存率は十パーセントとのことだ。抗がん剤の投与が始まる。

千恵は平静を装っているように見えたが、私は涙を抑えることができなかった。私より千恵の方が何倍もショックを受けていたはずだ。

　帰宅後、二人ともしばらく無言だった。がんを完全に切り取ったことで、あの辛かった三カ月間を二度と経験しなくて済む、これからは毎日安心して過ごすことができると信じて今まで頑張ってきた。これからは、死を覚悟して生きていくしかないのか？いつ、死はやってくるのか？　自分にそう言い聞かせたものの、

「十人に一人は、五年以上生きていられるのだから、その一人になればいい。結婚する前に患った病気だって、奇跡的な確率で今こうして生き延びることができているのだから、今度は二人、力を合わせて、立ち向かっていけばいい。頑張るしかないじゃないか」

と言って、自分を鼓舞した。

　その日の夜、遅い時間帯での夕食となった。千恵は、ご飯をよそった茶碗を床に落としてしまった。

「あっ、ごめんなさい」

　動揺している姿が見て取れた。ほとんど会話することなく、夕食の時間は過ぎた。

　半年前、娘の中学受験を考慮し、手術をする日を三カ月後に決めたあの時の判断は正しかったのか？　中学受験がなければ、もっと早く手術ができる日はあった。その

時に手術していたら、結果は違っていたのではないのか？　後悔しても仕方ないことは分かっていたが、ベストな判断だったのか？　娘の中学受験などよりも、千恵の手術の日程を尊重していれば、転移はなかったのではないか？　考えても、どうしようもないことだと分かっていても、考えずにはいられなかった。

＊

ウィッグを、一緒に買いに行くことにした。

結婚後、千恵の頭髪をジロジロ見ることはなく、よくよく見ると他の人より少し太めだと改めて感じた。

「どれにしようかな？」

「これがいいかな？」

「少し、高めでもいいでしょ、一生使えそうだから……」

「ウィッグに合う帽子も買っていいでしょ」

と楽しそうに話をしているように見えた。千恵はとても外見を気にする。ノーメイクで外出したところを見たことがない。

「どうせ、抜けるんだから、パパに植毛してみたら、いいね」

あまり笑い話になっていなかった。

抗がん剤の投与を開始し、二週間程度が経過した。副作用により、食欲減退、頭髪の脱毛が始まった。家の中でもウィッグを付けていたため、脱毛しているかどうかよく分からないが、家中至るところに頭髪が散乱していた。白色系のリビングの床に落ちている頭髪を何度となく指で拾い上げた。

ある朝、千恵の体調が悪く、会社に行くのも躊躇するような状況だったが、一先ず出社した。メールで状態確認したが返信がないため、連絡せずに午後帰宅したところ、尼さんのような光景が目に入った。千恵はびっくりして毛糸の帽子をかぶり、

「帰ってくるなら連絡して！」

と、手酷く叱られた。千恵は、こんな自分の姿を誰にも見せたくなかったのだろう。夫である私にさえも。千恵は見栄っ張りの女性であった。

私が理髪店に行って、髪を短く切ってくると、いつも
「あっ、髪の毛切った、短くなった、でも私よりちょっと長い」と微笑んでいた。

「中学・高校時代はいつも坊主刈りだったから、別に坊主になることに抵抗はないよ。そんなに喜んでくれるのなら、いっそ坊主にでもなってもいいけど」

と笑って言い返した。

＊

抗がん剤投与のために病院通いが続いた。体調が良い日は月に五、六日程度で、食べたい物も口にできない。いざ、食欲が出てきた時でも、副作用で口内炎になり、固形物を食べられない時もあった。口内炎になっていない時は、よく柑橘系の果物を買って食した。念のため、抗がん剤を投与している時に、看護師さんに
「柑橘系の果物が好きでよく食べていますが大丈夫ですよね？」と聞いたところ、

「抗がん剤治療をやっている時は、やめた方がいいわよ」

と言われたそうだ。それから千恵は食べなくなった。千恵が好きだった食べ物がことごとく奪われていくのが辛かった。神様が与えた試練なのか？

毎週定期的に血液検査があった。この血液検査をするための注射が痛いと言っていた。看護師から検査項目について説明があった。

「この血液検査は、血液中に含まれる抗原を調べる検査で、乳がんの可能性、特に再発や転移の有無の可能性を知るために行われます」

「この数値が高ければ悪くなっている証拠ですよ」

と教えてくれた。千恵と私はいつもビクビクどきどきしながら、この数値を見た。

「値が小さくなってる！」と言っては大喜びし、

「値が大きくなってる！」

と言っては嘆いた。死へのカウントダウンのバロメーターだった。

私は、がんが完治した人や再発した人の体験談をインターネットで検索してみた。

そこには、がんの手術を行った後、再発する人は、免疫力が足りないと書かれていた。

私は千恵に、

「必ず、元気になるから、絶対に治るから。という強い気持ちを持ってこれから生きていこう」

と励ました。もうだめだ、治らないと思う気持ちが免疫力を低下させるらしい。私は、この言葉を信じ、今後、どのような状況になろうとも、気持ちの面で負けないようにして生きていこうと自分自身に何度も言い聞かせた。千恵もそう信じてくれた。今まで些細なことでよく喧嘩したり、お互い強情な性格から口を利かなかったこともあった。今は違う。がんという大病を克服するために、心が通い合い、一つになっている。

娘が通っていた学校は給食がなく、お弁当を持参することになっていた。千恵は、ご飯の炊き立ての臭いが特に気になるようで、臭いを嗅いだだけで何回も吐き気を催すほどだった。千恵は、

「一人分作るのも二人分作るのも、手間は一緒だから」

と言って、私のお弁当も作ってくれるようになった。二人分のお弁当を作る際、あれこれ指示を受けて手伝った。どんなことでもいいから傍にいて役に立ちたかった。今では、手のかからないものであれば、作ることができるようになった。

会社の食堂でお弁当を食べているのを同僚や知人が見ると、

「愛妻弁当か、いいな」

「娘がお弁当で一緒に作っている。食費を節約できるし」

と強がって言ってみたものの、いつの日か、お弁当が作れなくなる日が必ず来る。私は、その日が来るまで少しだけ早起きし、千恵と一緒に炊き立てのご飯の臭いを嗅いでおこうと心に決めた。

千恵は、地元の娘のママ友と会うのを極力避けた。以前はそんなことはなかった。

メイクに時間をかけ、鏡を見ながら、

「パパ、私って化粧で変わるでしょ、どう?」

と言って、喜んで外に出かけ、人と会うのを好んだ。今は、外見を気にし、外に出ることを躊躇っている。ウィッグを付けているところを知り合いの人に見られたくないのだろう。

千恵ががんと分かった時、母にはその旨を伝えたが、姉には話をしていなかった。姉は、以前、看護師の仕事をしており、乳がんがどういうものか、他の人よりよく知っていた。手術後、再発し、姉に妻ががんであることを伝えた。話してもどうにもならないことは分かっていた。それでも誰かに打ち明けたかった。

「妻が乳がんになってしまって……」

「どういう状態なの？」

と姉は問いかけてきた。私は、

「乳がんと診断されたのは去年の十一月末、その時のステージはⅢの末期だった。三月に手術をして切除したんだけど、リンパに転移が見られると、医者が言っていた」

「娘は中学受験が終わり、今は中学一年生で、都内の学校に通っている。妻は、抗がん剤の投与を始めたところ」。姉は、

「私の知り合いで乳がんになった人がいて、その人もかなり進行していたと聞いている。五、六年経ったと思うけど、元気に生活しているよ。大丈夫だよ、身体を冷やさないようにして、栄養のあるものを摂って……」

きつい性格の姉から温かい言葉が返ってきた。

後日、自宅に荷物が届いた。姉からだ。中身はサプリメントだ。姉は、化粧品メー

カーの販売員をしていた。高価なサプリメントが半年分入っていた。荷物と一緒に手紙が入っていた。手紙の文章は、

「奥さんに飲ませてあげてください。免疫力が向上するサプリメントで、風邪や疲れた時に飲むと効果があります。私もたまに飲用しています」と書かれていた。

姉からもらったサプリメントについて、飲用するか千恵は悩んでいた。抗がん剤との相性があると思ったからだ。担当医から、

「病状が良くなることも悪くなることもあります。良くなればいいのですが、悪くなった場合、病院側としてどんな治療を施していいのか分からないので、控えてください」

とのことだった。姉からもらったサプリメントは飲用せず、娘や私に熱が出た時くらいにしか使われることはなかった。

※

抗がん剤の副作用のせいで体調が悪い日が多くなり、外出の回数も減った。それでも、娘の中学合格と今後、長期間にわたると思われる闘病生活のために、その年の夏に家族三人で北海道に行くことにした。旅行の計画を立てるのは千恵の役目だ。計画を立てている時の千恵は楽しそうだ。

出発の朝、

「病院と買い物以外で外出するのは、ほんと久しぶり」

病気が完治していたらもっと楽しかっただろう。千恵は再発したショックを隠していた。

千歳空港に到着した。

「久しぶりの家族旅行だね、彩ちゃんも受験だったし、ママもいろいろ大変だったし……」

「北海道をレンタカーでドライブするのもいいね」

「今回の旅行の目的は、〝癒やし〟にしよう」

と言って、私は明るく振る舞った。千恵の体調はあまり良くないように見えたが、久しぶりに自宅を離れ、北の爽やかな風が気分転換になっているように感じられた。

宿泊場所に辿り着いた。千恵は、

「えっ、ここに泊まるの？　なんか別荘みたい」と言った。私は、

「自分で計画したんだから、ネットで外観くらい見てるでしょ？」

と言い返した。千恵も娘も嬉しそうだった。ひとときでも現実を忘れ、楽しい時間を過ごしてほしい。

翌朝、宿泊した場所から車で十分ほどした場所にある公園で、千恵と娘は気球に乗った。気球と言っても、地面の固定場所に気球を紐で結んでいるため高く上がらないようになっている。高さにして十メートルくらいだろうか？　二人乗るのがやっとの大きさだ。千恵は手術後、ほとんど外出していなかったため、外に出て気球に乗ることをとても楽しみにしていた。千恵は、

「えっ？　これが気球？　想像していたのと全然違う！」

と文句を言った。私と付き合う前に、海外で気球に乗ったことがあり、百メートル程度の高さまで上がったと言っていた。パンフレットで見たものとは随分違う。あまり高く上がらない気球で、少し残念そうだった。それでも、

「パパ、写真、写真、写真撮って！」

と言って、楽しそうに笑っていた。

その夜、海鮮バーベキューでお腹を満たした後に花火をした。千恵は、

「美人薄命ね」

と言った。私は、鼻につく言い方だった千恵を叱ろうかと悩んだがやめた。中学一年生だった娘はこの言葉の意味を知っていただろうか？

花火を見ながら、千恵の人生が花火のように一瞬で消えないことを願っていた。

翌日、娘と私だけでラフティングを行った。千恵は、海外でラフティングをやったことがあり、楽しかったので私たちに提案してくれたのだ。

ラフティングの途中で、引率者の方から、

「はい、それでは皆さん。ここから川底に飛び込んでください。飛び込み方は自由です。全員がやらないと帰れませんよ」と言われ、娘は私を見ながら、

「私もやるの？　パパ怖い」

「彩ちゃん、パパも怖い」

他の参加者は全員二十代以上のようだが、娘はまだ中学一年生だ。飛び込み場所から水面までの高さは五メートルくらいはありそうだ。

「大丈夫、一瞬で終わるし、痛いことは何もないから」

となだめて、娘を先に飛び込ませた。娘は、空中で後方回転しながら水面に潜っていった。私も、娘に負けまいと前方回転して飛び込んだ。娘はガッツポーズし、

「ママに見ていてほしかった」とぼそっと口にした。

「ママが元気になったら、また皆で、ラフティングしようね」

娘は、にっこりと微笑んでいた。今でもテレビ台には、千恵が写っていないラフティングの写真が飾られている。つかの間の旅行が終わり、また自宅と病院の往復生活が

始まった。

✻

千恵が病気になる前、私のゴルフ仲間だった方の奥さんが、肺がんを患ったご主人のために、新薬があるからといってご主人と二人の子供をおいて、一人で北海道まで出かけたと聞いた。私はその話を聞いた時、私は、愛する人のために何ができるのだろうと思った。

私が中学生の時、家族全員であるTVドラマを見ていた。一人娘が白血病になってしまい、母親は夫と自分とは血の繋がっていない娘を残し、四国遍路八十八か所を回る場面があった。私は、一番後ろに席を取り、涙声が出ないようずっと我慢していた、その場面を今でも鮮明に覚えている。私は千恵に何もしてあげることはできない。何かにすがりたいとの一心で四国遍路を巡ることに決めた。

私は、その年の夏、千恵に、

「実家で用ができてしまったので、三日間家を空けます」

とだけ言って、四国遍路巡りに出かけた。神に祈るしか思いつかなかった。

四国遍路巡りが始まった。三日しか時間が取れなかったため、全部を回ることはできない。その日は暑い日で、歩いている人はほとんど見かけない。

すれ違う人に会釈をした。相手も会釈をしてくれた。出会った人から、

「どちらからいらしたのですか？」と聞かれた。私は、

「千葉から来ました。家族の健康祈願のために、お参りしています。今、私にできることは神にお祈りすることだけなんです」と返答した。その方も、

「私も、家族の健康祈願のためにお参りしています」

と言った。心が和んだ。

私は、千恵ががんを患い、自分だけが悲劇のヒーローであるかのように思っていたが、私と同じような状況の人が、大勢いるのだと改めて知った。

最初に行ったお寺の住職に、

「私の家内ががんを患っています。日増しに進行しています。私は何もできず指をくわえて見ているだけです。私に何ができるのでしょうか？」と尋ねてみた。

住職は、

「奥様は、あなたやご家族が喜び、健康でいられることを願っていると思いますよ」

と答えてくれた。私は、

「ありがとうございます」

とお礼を言っただけで、他に何も言わなかった。

千恵と付き合い始めてから今日に至るまでの、喜んだ時の顔を思い浮かべながら、そのお寺を後にした。

二番目に行ったお寺では、住職にお願いして座禅をさせてもらった。私は、住職に、

「短い時間で結構ですので、座禅をさせてください」

とお願いした。住職は、にっこり微笑み、

「いいですよ」

と言ってくれた。それ以外、何も聞かなかった。私はお寺で座禅をするのは初めてだ。座禅の作法がよく分からず、住職に、

「座禅をするのは初めてです。作法が分かっていません。教えてください」

とお願いした。その時も、嫌な顔一つせず、教えてくれた。

私は、座禅をしている最中、ずっと千恵の喜ぶ姿を思い浮かべていた。がんを患ってからというもの、心の底から喜んでいる姿を見たことはない。抗がん剤の副作用でいつも辛そうにしている。何をすれば、千恵が心から喜んでくれるのか？　幸せだと感じることができるのか？　答えが見つからないまま座禅の時間は終わった。

今まで、家庭を顧みず、仕事一筋で頑張ってきた。千恵に何もしてあげられなかっ

た自分の言動について、心の中で詫びた。

帰路の途中、強い日差しを受けながら、辺り一面にひまわりが力強く咲いている景色をずっと眺めていた。

※

ある日、千恵が
「私はこの先も長く通院が必要になると思うし、娘の通学時間やパパの通勤時間のことを考えると東京に引っ越しをしたい」

と言い出した。当時住んでいた場所には十四年ほど住んでおり、地震の影響で辛い思いはしたが、住みやすい街だと感じていた。私は、引っ越しに反対していた。

「東京は物価が高い、家のローンも増える」

私は引っ越ししたくない理由をあれこれ言って難癖をつけた。それでも、

「食料品は、安いお店を探せばいくらでもあるし、何より、時間はお金に変えられないでしょ！」

と反論された。心の片隅には、長期入院や万一のことがあった場合、自宅が会社や病院の近くにあった方が良いだろうとは思っていた。

その週末、私たちはあるマンションの内覧会に行った。引っ越し先のいろいろな場所を見て回っている千恵は、意気揚々としていて、楽しそうだ。部屋を見ている際に、「ここは、私の部屋ね、ここはパパの部屋、彩ちゃんの部屋があそこで、テーブルはこの辺り、ＴＶはここかな」

千恵は胸を躍らせている。その様子を見たら、誰が反対などできようか、楽しそうな笑顔を絶やしたくない。千恵の笑顔はお金で買えるものではないのだ。今の千恵は、東京のマンションに引っ越しすることだけが生きる望みとなっていた。私にはよく分かっていた。

「これが最後の一生のお願い」

「はい、はい、はい、分かりましたよ」

と気のない返答をした。内心どうでもよかった。

引っ越し先を決める際、義姉が近くに住んでいたことや先々、東京で五輪が開催される可能性があり、地価の高騰や利便性が良くなるとの評判もある場所を選んだ。万一のことがあればその場所を売って別の場所に引っ越しすることもできるだろう。一方、三人でずっとその場所に住んでいられればよいという思いもあった。千恵は、この先自分がいなくなっても義姉が近くにいることで、娘のことを安心して任せられると思っていたに違いない。

気に入ったマンションを仮予約した。もし、他の人がその場所を契約してしまったらと思うとまた他の場所を探さなくてはならない。気に入った場所が見つからず、今と同じ場所で、この先も千恵が今までと同じような生活を送れるとは思えなかった。

お金というのは、しょせん投影物にすぎず、お金で買える物は、それほど価値のあるものではないと思っている。できることは全部してあげたかった。残された時間はそれほど長くないのだから。

半年程度、自宅を売りに出すために内覧会を何回も行ったが、誰も購入する人はいなかった。震災の影響で、この場所に住みたいと思う人が激減した。震災以前は、転出や転入をよく見かけた。やっとのことで、買い手が見つかり、翌年三月に都内に引っ越しすることが決まった。あれほど嬉しそうにしている千恵の顔を見たのは、久しぶりだ。千恵の願いが叶うよう、その時まで元気でいてほしい。

がんという病気に無知だったため、体調が悪くなったり、検査の結果が悪くなっていたりすると、直ぐに、
あと、どのくらい生きられるのだろう？

今度の誕生日は迎えられるのか？　クリスマスは？　お正月は三人で過ごせるのか？

都内の新居に三人で住むことはできるのか？

など、おろおろと思い悩んでいた。

いつまで生きられるか誰にも分からない。明日、病状が悪化し、入院することになるかもしれない。だから、今日という日を精一杯生きよう、一分一秒も無駄にすることなく生きよう！　私は自分自身にそう言い聞かせた。

引っ越し当日の朝、娘は学校に行き、千恵は、

「今日は、抗がん剤投与の日だから、そろそろ病院に行かなくちゃ」

「パパ、引っ越し、一人で大変だと思うけど、よろしくね」

「あと、ありがとう」

そう言って、病院に向かった。もしかしたら、この日を三人で迎えられないのではないかと思ったこともあった。この場所は、私には仲の良い知人や知り合いも近隣にいなかったため、離れることに未練はないが、美味しい店もいくつかあり、住み慣れたところだった。千恵は逆に、仲の良いママ友がいっぱいいたからこそ、早くこの場所を離れたかったのかもしれない。

都内での新しい生活が始まった。会社までは徒歩通勤となった。ある日、会社からの帰宅途中で知人と会ってしまい、

「こんなところで何してる？」と言われ、

「帰宅途中、最近この辺りに引っ越ししたんだ」

「往復の通勤時間がもったいないし、娘も都内の中学に通わせているから……」

と苦し紛れの言い訳をした。その知人に、私の妻ががんになり、病院や会社に近いところを選んでここに引っ越したとは言えなかった。軽はずみに、がんという言葉を口にしたくなかった。


新居は、床や壁が白色系、ドアは黒褐色系だ。新居に引っ越しする際、使えそうな家具は持ってきた。そぐわないものもあった。千恵は、

「この家って、やっぱり、黒色系の家具が合うよね？」

家具を買い替えたいのが分かっていたが、

「そうだね」

と気のない返事をした。千恵は、黒色系の家具で統一したいようだ。


次の週末、大手の家具屋にいた。新婚の時ほどではないが、新居を決め、部屋の間取りや壁の色、床の色に合わせて、いろいろな家具や電化製品を揃えることは楽しい。もし、千恵ががんになっていなかったらどれほど楽しかったことだろう。一緒に住み始める前、家具屋を回っていろいろと思いを巡らせていた。あのころが懐かしい。

電話台、お客様用のティーカップ、ワイングラスを入れるガラスの食器棚、三人掛け用のソファ、テレビ台、それ以外にも玄関用や風呂場用のマット等を購入し、黒で統一した。

「ほらっ、ちょっといい感じじゃない?」と千恵は言った。

「そうだね、落ち着く感じがするね」

千恵はこの先、家にいる時間が長くなるだろう。少しでも、部屋の雰囲気を変えて生活できれば、心の安らぎになるかもしれない。

私は、千恵ががんを患い、この先どのくらい生きられるか分からない。できることは何でもしよう。できるかもしれないことを精一杯の理由を見つけ、できないと言わないようにしようと誓った。

＊

その年の夏、娘が中学校の修学旅行に行っている間、千恵と二人で香港・マカオの旅に出かけることにした。娘ができてからというもの、娘中心の生活となり、二人でどこか旅行に出かけるなど一切なかった。

旅行に行く数日前、抗がん剤投与のため、腕に針を入れたところ、なかなか入らず、ポートを体内に埋め込んでから投与することになった。採血や点滴などもポートを使用すれば、痛みを感じることなくスムーズにできるとのことだ。千恵は医師に、

「近日中に、海外旅行に行くのですが、空港のセキュリティーゲートは大丈夫ですか？」

と尋ねた。医師は、

「プラスチック製なので大丈夫です。画像には写ると思いますので、何か聞かれたらinfusion port for chemotherapyと言ってください」

と紙に書いて千恵に渡してくれた。

私から言い出した海外旅行に、どうしても行きたかったようだ。千恵は、その紙をパスポート入れに大事にしまい、おまじないでも唱えるかのように何度も口ずさんでいた。

千恵は、行きの空港で、

「小腹が空いたから、たこ焼きとビールにしない？」

とても楽しそうに見えた。私も、

「それ、いいね」

と相槌を打ち、お店に入った。出国する前の食事は何故かとても美味しく感じる。わずかな時間でも、千恵が病気のことを少しでも忘れ、楽しいひとときが過ごせるよう、

私も一緒に楽しんで過ごそうと思った。

天候に恵まれた。二人とも世界遺産を巡るのは好きで、マカオの有名な場所をいくつか回った。行く場所ごとに、

「パパ、写真撮って、早く、早く」

私は微笑みながら、千恵が喜んでいる写真を何枚も撮った。撮った写真は、私たちの老後の楽しみの一つだった。

日が暮れて、夕食時になった。

「パパ、ディナーは？」

「ごめん、ごめん、予約してない。ホテル内のラーメンとビールで勘弁して」

「全く計画性がないんだから……」

肝心の食事を疎かにしたため、千恵が不機嫌になってしまった。私がいろいろと食事の美味しいところやレストラン等の調査を怠ったからだ。穴埋めに、ホテル内にあるカジノに行って楽しい時間を過ごそうと、私から、

「ねえ、カジノ行ってみない？」と誘うと、千恵は
「いいね、行ってみよう。私の方が先輩、もう何回も経験してるから……」と言った。

TVで見るような、トレーにシャンパンやジュースを載せたバニーガールが回って

いる。二人ともシャンパンをもらい、カジノの会場を一回りしてみた。私はカジノに行ったのは初めてだったので、少し舞い上がってしまっていた。

千恵は、以前、友人とラスベガスのカジノに行ったことがあると聞いたことがある。ゲームのルールもよく知っている。千恵にマナーやルールなど教えてもらった。

お遊び程度と思って、一万円を両替した。まずは、お決まりのルーレットだ。私は初めてだったが、TVで見たことはある。

最初は、赤色と黒色のところに一枚ずつチップを賭けていたが、それでは儲からないが、どちらかは当たるので、それにしようとしたら、

「それじゃ、賭けになってないよ！」

と言うので、素直にやめた。バカラは聞いたことがあるが、ルールは知らない。ルールを教えてもらい、やってみた。結構楽しい。隣人が日本人らしく、

「俺の知っている人が、昨日大負けして現金全部巻き上げられて、それでも足りなくなって、腕時計を質に入れたそうだぜ」

と日本語が聞こえてくる。

私は若い頃、少しだけパチンコにはまっていた時があった。ある人を待っている間、暇だったのでパチンコでもしようかとやってみたところ、一瞬にして千円が数万円に

化けた。それからというもの、儲かったお金で、またやってみた。ダメだった。またやってみたが、またダメだった。直ぐに、儲かった金額より、損した額の方がはるかに多くなった。お金を損したことよりも、貴重な時間で何をやっていたのだろうと反省した。それ以来、賭け事はやっていない。私はお金がからむと熱くなってしまい、元に戻れなくなることを恐れていた。

夕食のことも忘れ、カジノに夢中になっている千恵を見ていた。

最終日は、香港に宿を移したが、その夜はちょうど台風が来ており、台風の大きさは最大級だ。ホテルから一歩も出られない。夕食はホテル内のレストランで取った。

「香港の夜景はとてもきれいで、パパにも見せてあげたかった」

千恵は独身時代に香港に来て、夜景を見ている。私はあえて口にしなかったが、今回の旅行の目的の一つとして、香港の夜景を堪能することを挙げていた。思い出を作るためではない。生きるということがいかにすばらしいものであるか、生きる希望を持ってほしいとの思いから旅行することを決めた。私は、

「また、いつか来ようね」

と約束した。翌日は帰国の日であるが、空港で飛行機が飛ばず、六時間程度待たされた。待っている間、私はビールを飲み、あちこち回って時間を潰した。

「カメラは？」

と千恵から声をかけられた。首にかけていたデジカメがない。どこかに置いてきてしまった。

「あ〜あ、香港・マカオの記念写真が一枚もなくなっちゃった」

「老後の楽しみが、また一つ消えちゃったよ」と千恵は言ったが、

「ごめん。まあ、いいか、どうせ、もう一回はここに来るだろうから……」

と言って笑ってごまかした。

またここに来るまでは、死んじゃだめだよ、ずっと元気で頑張るんだよと心の中で、囁いた。

＊

その年ロンドンで、五輪が開催された。千恵と私は、よくTV観戦していた。国内の試合はほとんど見ないが、ワールドカップや五輪のような国際試合になると興味のないような競技でも見入ってしまう。千恵はイケメンが大好きで、イケメンが出ている競技は、種目に関係なく時間があれば見ていた。

五輪が終わり、メダルを獲得した選手たちによるパレードが銀座で行われた。大好

きな水泳の選手がパレードに参加するということで、千恵と娘は銀座のパレードを見に行くことにした。その日は、特に暑い日だった。抗がん剤の投与により、体調はそれほど良くはなかったが、それでも、

「元気をもらってくる、免疫力も上がると思うし……」

と言ってニコニコしながら二人で出かけた。

昼過ぎに、娘から携帯に七回電話がかかってきた。生憎、電話に出ることができなかったが、電話がかかってきたことは知っていた。七回も電話してくるようだから、何かよほど急ぎの用なのであろう。こちらからかけ直したところ、開口一番に、

「ママが倒れた、救急車で病院に運ばれた」

気が動転した。こんなに早くがんが進行するとは思ってもみなかった。今朝は、あんなに元気だったのに！　正直、死が頭をよぎった。仕事の途中であったが、直ぐに病院に駆けつけた。義姉も来ていた。看護師さんに病状を尋ねると、

「軽い熱中症です。点滴して、今は大丈夫です」

私が早合点していたのだ。千恵はあの暑い最中、銀座のパレードをずっと見ていたため、熱中症になり救急車で運ばれたのだ。何とも人騒がせな話だ。でも、大事に至らなくて良かった。千恵と娘と一緒に帰宅し、夕飯を食べながら笑い話になった。夜

のニュースでも、今日は暑い日で多くの人が熱中症で倒れ、病院に搬送されたと話をしていた。銀座のパレードで、熱中症になり、救急車が到着する場面がＴＶで映し出され、千恵は、

「あれ、私。ほら、あそこで倒れているの私だよ。救急車に乗ったのは二回目。一回目は覚えていないけど……」

私は、楽しそうに話をしている千恵を見て、少し意地悪く、

「ちょっと待って、熱中症で倒れてＴＶに出て、喜んでいる人、いないだろう。どれだけ心配したと思ったんだ」

「彩ちゃんから何回も電話があり、倒れたって言うから、とっても心配したけど、損した」

その日の夕食は、その話で持ち切りだった。でも、本当にそれだけで良かった。翌日に会社で、上司から妻の容態を聞かれ、返答した際、少し笑われた。

千恵は、引っ越し先に姉しか知り合いがいなかったため、他の人と仲良くなり、話をしたかったようだ。近隣住人で行っている生け花サークルの募集があった。私たちが、会社や学校に行っている間、時間を持て余していた。寂しさもあったと思う。千恵は、学生時代や社会人になってからもお茶を習い続けていた。生け花をやることに

も興味があったようだ。千恵が
「このマンション内で、生け花サークルが行われているの知ってる？」

「入ってみようと思うんだけど、どう思う？」

と聞いてきた。私は、

「賛成！　他の人と会話したり、生け花をやることによって気分転換にもなると思うし」と答えた。

　早速、生け花サークルに入会した。生け花を終えて帰宅すると、

「この花は、ここに挿すとバランスも見た目もよくなるの。バランスを考えると左右の割合は、こうした方がいいの」

など、私が帰宅した後、いろいろと話をしてくれた。

「パパも一度やってみれば」

と誘われた。私は即座に断ったが、生け花をやるのもいいかもしれない。小学生の頃、落ち着きがないと学校の先生からよく注意されていた。

　千恵は、誰とも会話せず、ずっと一人で家にいることが苦痛だったようだ。何回もサークルに出席しているうちに、何でも話せる仲の良い友人ができた。その人から、

「豪華客船で九州に行ってきました。写真送ります」

「和食のお店が美味しかったので、写真送ります」

などと写真とコメントが何回も送られてきたのを見せてもらった。千恵も負けじと、携帯で撮ってあった香港・マカオの写真を送るなどして、いろいろなことが話せる間柄となった。都内に引っ越ししてからというもの、千恵は気の合った知人ができなかった。仲の良い友人ができ、気持ちが和らいだようだ。

後日、その人は九州に引っ越ししてしまったが、その後もずっとメールのやり取りを続け、自慢話に花が咲いていた。また、マンション内の他の女性の方々と催し物を企画する会にも参加した。千恵は、会社でＷｏｒｄやＥｘｃｅｌといったパソコンを使った資料を取りまとめる仕事をしていたため、企画書や報告書の作成をたびたび任された。操作の方法で分からない点があった時は、私が帰宅した後に教えてあげた。千恵のために何か役に立てるならと深夜まで調べものをしたこともあった。

「この文章を紙面の左半分に記入したいんだけど、やり方教えて」

「この写真を、報告書のこの場所に縮小して、貼り付けたいんだけど……」

いろいろと操作や設定について、教えてあげた。

「よし、できた、これを会員のメールに添付し、コメントをもらわなくちゃ」

報告書にダメだしのコメントが返ってくる。

「いちいち面倒くさい」

と文句を言っては、喜んで直していた。

何かやっていることで気を紛らわしたかったのだろう。その会員の方とは、よくランチ会をしたと嬉しそうに話をしていたのを覚えている。

＊

夏も終わり、初秋のある日、

「大学に入って、勉強がしたいんだけど……」

と話しかけてきた。私は、冗談を交え、

「確かに、食欲の秋、勉強の秋とはよく言うけど、その歳で、大学に行ってまで勉強することもないでしょう？」

千恵は、関西地方のある大学から取り寄せたパンフレットを見せながら、

「大学に入ると言っても、通うわけではなく、通信講座なんだ。定期的なレポートの提出が必要で、たまに学校に行く必要があるみたい」

本気だった。私は、念押しの意味を込めて、

「何の勉強がしたいの？」と聞いたところ、

「日本の歴史の勉強がしてみたい。中学・高校と歴史は好きだったし……」

千恵はほとんど欠かさず、大河ドラマを見ていた。クイズ番組でも歴史の問題が出てくると正解率もかなり高かった。私は、千恵が生きて元気なうちに何でも好きなことをさせてあげたかった。

「賛成！　でも、続けられる？」

病気のことは、あえて言わなかったが、千恵が察して、

「これから、良くなる見込みがあればいいけど、いつまで生きられるか分からない。卒業することもできるか分からない」

と俯きながら言った。私は、

「卒業することが目的ではないでしょ！　今、生きている時間を充実したものにするため、頑張ってみたら……」

と言ってみたものの、残された時間を勉強やレポートの作成に費やすことが千恵にできるのか？　他にもいろいろとしたいことがあるのではないか？　内心そう思っていた。

一週間ほど経ち、千恵から、

「大学の話なんだけど、やっぱりやめる、健康だったら続けられると思うけど、今の状態で勉強を続けていくことは難しいと思う」

私は、千恵が打ち込んでくれる何かが欲しかった。

人は残された時間が分かった時、何を望むのだろう？　私は、残りわずかな時間しかないと分かった時、何をしたいと思うのだろうか？　いろいろと考えてはみたものの、答えは見つからなかった。

ある日の夕食後、千恵が飲用している薬を見せてもらった。千恵は、

「これとこれが、抗がん剤の薬」

「それは、吐き気止めの薬」

「これは、痛み止めの薬」

手のひらに載らないくらいの多くの薬を飲用していた。

私は、風邪薬以外飲んだ記憶がないので、

「こんなに毎回一度に飲むの？」と聞くと、

「そうだよ、以前、大きな病気をした時も、このくらいの量を飲んでいた時があったよ。慣れているから平気だよ」

千恵は平然を装っていたが、毎日とても辛い思いをしながら生きている。私はできることなら、入れ代わってあげたい。

＊

通勤時間が短くなり、多くの時間を持て余すようになった。

その年の十二月、あるふとした弾みから、近隣をジョギングすることにした。理由は特にないが、気分転換になり、辛いこともひとときではあるが忘れられた。始めた頃は、週に二、三日程度で行っていたが、飽き足らず、遂にはジョギングが日課となった。走り始めの二、三カ月は、ただ何気なく走り、辺りを見回しているだけだった。そこで、フルマラソンに出て完走する目標を立てた。それからというもの、東京で開催するマラソン大会に出場し、千恵に観戦してもらうことが心の支えとなった。

走る距離も少しずつ延ばし、十キロメートルくらいまで長くなった。雨が降っても雪が降った日でもジョギングすることは欠かさなかった。できない言い訳をしたくなかった。

千恵は、私が毎日ジョギングに行く姿を見て、

「もし、マラソン大会に出て走れたなら、私、応援する。そうなれば、もっと頑張って生きられる気がする」

その一言で更にモチベーションが上がった。千恵から初めて聞く言葉だった。きっ

と、何かにしがみついていないと生きていくことが辛いのだと感じた。

　雪の降った日に、いつも通りジョギングに出かけようとしたところ、

「もしかして、気が触れた？」

と言ってきた。外は雪が降っており、十センチメートル程度積もっている。私は、負けじと
「初志貫徹、雪が降っているけど走れないことはないから……」

と言って家を出ようとしたところ、

「いってらっしゃい」

と言ってくれた。また、夏の炎天下で、ジョギングに行こうとすると、

「倒れるからやめて！」

と怒られた。それでも、やめなかった。走ることが目的ではなかった。君が僕の走っているところを見ることで、少しでも生きる希望になれるなら、どんな状況だって、僕は走り続けるよと心の中で呟いた。

　今日は、ちょっと熱っぽいなと感じた時があった。体温を測ったら三十七・五度あった。さすがにその時は、千恵が
「どうせ、ジョギングに行くんでしょ！　止めても無駄なのは分かってる。だからせ

めて走る距離を半分にして」と言った。その時は、従った。

私が頑固で、人の言うことを聞かないのを分かってのことだろう。今、私ができることは、走ることくらいしかない。

ジョギングを始めてから、汗っかきな私への誕生日や父の日のプレゼントは、ジョギングウェアとパンツ、シューズに変わった。

東京で開催するマラソン大会のランナーの公募が開始され、エントリーはした。後日、落選の連絡があった。それ以降、毎年エントリーしているが、当選したことはない。千恵には、

「今回もマラソン大会に応募したんだけど、落選しちゃったから、また来年ね。その時は、必ず応援に来てね」と毎年のように言っていた。

＊

楽しい日は、毎日続かなかった。ある日の検査で担当医師から、

「がんがリンパから骨髄に転移しているのが見つかりました」

「胸骨の周囲に三・七×二・八×三・〇センチほどの大きさのがんがあります」

「リンパにも小さながんがいくつもあります」

「抗がん剤の治療は一旦やめて、放射線の治療に切り替えましょう」

と言われた。私は、
手術して二年余りの時間で、どうしてこんなに大きながんが今まで見つからなかったのか？

検査の結果はちゃんと見てくれていたのか？

医者にとって患者はどういう存在なのか？

医者の奥さんががんを患った時も、同様の対応を取るのか？

毎月血液検査は行っている。ＣＴやＭＲＩの検査も定期的に行っている。都内でも有名な大きな病院なのに、これほど進行するまでどうして何も話をしてくれなかったか、どうしてもっと早く言ってくれなかったのか、信じ難い思いであった。いくつもの疑問が湧き上がったが、結局、担当医師に問い質すことはしなかった。

月に一回程度、担当医師から病状の説明があった。私はその医師に好感が持てず、面談に同席するのがとても嫌だった。検査の結果が数値で現れ、悪くなっていることが明白であるにもかかわらず、担当医師からは、

「様子を見ましょう」

の一点張りで、進展が見込めないと思うことがしばしばあった。私は、

「そうですか、分かりました」

としか返答しなかった。千恵も何も言わなかった、私がもっとしっかり話をすればよかったのだが、担当医師と確執が残るようなことはしたくなかった。医者は絶対的な存在であり、医者の言うことを聞いていれば、絶対治ると思い込んでいた。私の言動は間違っていたのかもしれない。

抗がん剤の効果について、担当医師に詳しく教えてもらった。

「奥様のがん細胞は、抗がん剤の投与によって、初期の段階では効果が現れ小さくなりますが、がん細胞も抗体を持ちます。効果が徐々に現れなくなり、また効果がありそうな抗がん剤の投与をすることになります。効果が見込めない場合は、治療法を変えなければならなくなります」

その話を聞いて、抗がん剤で千恵の病気は治らないと確信した。この先、放射線の治療に頼るしかないのか？　無数の小さながんは、放射線では取り切れないとも先生から伝えられた。少しでも延命できるよう、がんと上手く付き合っていくしかない。やはり、完治は望めない。

放射線の治療に変わり、担当医師も代わった。その医師は、どんな些細なことでも患者に対し、親身になって相談にのって、返答してくれた。この医師なら全てを信用し、どんな治療にでもついていこうと千恵と話し合って決めた。

放射線の治療で、一カ月のうち、三週間程度通わなければならなくなった。

放射線を当てている胸骨を一度見せてもらった。胸骨が膨らみ過ぎて、皮膚を突き破って出てきそうなほど大きくなっていた。放射線の治療により、皮膚が変色し焼きただれたようになっている。千恵は文句一つ言わず、治療を続けていたが、これも生き続けるために仕方がないと割り切っていた。

「ちょっと見てよ、かなり痛いんだよね」

私は、その部位を触らせてもらい、

「何もしてあげられなくてごめんね。今は痛いと思うけど我慢してね。放射線でがんは小さくなり、痛みはなくなっていくと思うから……」

と言って、千恵の手を握りしめた。

数日後、

「胸骨の膨らみが小さくなってる、痛みも随分と治まってきたよ」

「抗がん剤の治療と違って、気持ち悪い日もほとんどなくなり、口内炎もなくなった。これで食事もちゃんと取れるよ」

しばらくすると、気にしていた頭髪が次第に生えてきた。千恵は、

「今はもうウィッグを付けなくても大丈夫だよ、ほら、見て、こんなに生えてきたよ」

「もう、パパの髪の毛の長さとほとんどかわらないよ」

と言って、髪を見せてくれた。頭髪をとても気にしていた千恵はとても喜んでいた。暑い夏にウィッグを付けていたら、頭皮に汗ができてしまった。自宅にいる時は、薄布を頭に巻いて過ごすことが多かった。その姿を、家族である娘や私に見られたくなかったようだ。

その頃から、外に出ることが少しずつ増えた。

「ウィッグかどうかは一目見れば、直ぐ分かる」

と千恵は言っていた。特に、外見を気にする千恵は、自分が病気でウィッグを着けているのを知られるのが嫌なのだ。

娘の学校行事に参加することも増えた。娘の学校が女子校で、学校行事には必ずと言っていいほど、母親が参加している。今まで学校に行くことができなかったので、娘の学校生活を気にしていた。

私が小学生の時、両親が学校に来ることはなかった。父が早くに亡くなり、母は学校行事などに出る暇はなかった。それが当たり前だと思っていた。千恵が行かない学校行事に、私一人で行くことはなかった。私は、女子校に男一人で行くのは恥ずかしかったし、学校の先生や生徒に、不審者が入ってきたと思われたくなかった。外出することに抵抗が少なくなったことから、文化祭や懇談会に一緒に参加した。私も娘が学校でどのような生活をしているのか関心があった。

担任の先生と話をする機会を設け、妻ががんであることを伝えた。千恵は先生に、

「私は、それほど長く生きられないと思います。そのうち、娘の世話や進路について何もしてあげることができなくなってしまいます。学校にいる間、娘のこと、よろしくお願いいたします」

と言って一緒に頭を下げた。先生は、

「分かりました。お辛いことと存じますが、娘さんのためにも一緒に頑張っていきましょう」

と励ましの言葉をいただいた。娘の学校生活も特に問題はないようだ。母親ががんを患い、病弱になっていることで、娘の学校生活に問題があったらと思っていたが、心配し過ぎたようだ。

＊

夏も終わりに近づき、東京に五輪を招致する最終発表があった。千恵と二人で最終

発表の瞬間をＴＶで見ていた。がんの手術を行い、二年半が経過していた。

「もし、東京で五輪が開催されることになったら、この辺りに選手村ができて、競技場になるはずだから、このマンションも高く売れるかもね」

と千恵は言った。

「引っ越すことは、ないんじゃないかな。ずっとこの家に住んでいられればいいな」

と言い返した。五輪開催地が東京に決まったと放映された時、千恵は顔を下に向けたままだった。

「どうしたの？」と聞くと、千恵は、

「東京に五輪は来るけど、私には東京五輪は来ないから」

「パパと彩ちゃんは、私の分までしっかり見ておいてね」

自分の身体が少しずつがんに蝕まれ、東京五輪開催まで生きられないことを分かっていたのだろう。何の言葉もかけてあげることはできなかった。

千恵も私も中学・高校と運動部に所属していた。結婚してから、五輪やワールドカップのような国際大会は、ほとんど欠かさずＴＶ観戦し、応援していた。二人とも日本が勝った時や金メダルを取った時などは興奮して大声を張り上げていた。間近で五輪が開催され、この眼で競技を見ることを楽しみにしていた。

十月末、紅葉のシーズンとなり、千恵をドライブに誘った。行先は筑波山にした。千恵も私も初めての場所だ。気分転換のためのドライブであったが、

「あの丘の頂上まで登ってみよう」

と私が言いだした。千恵は、

「無理、無理、絶対無理」

と言ったが、無理やり手を引き、一緒に登ることにチャレンジした。千恵の額から汗が滴る。千恵が、がんなどに負けてほしくない。病気に勝てる気持ちを持ってもらいたい。少しでも元気なうちに体力をつけて、病気に立ち向かってほしい。千恵は辛そうだったが、私についてきてくれた。もしかしたら、私の心が読まれていたのかもしれない。

　帰路の途中、千恵から、

「また、今度天気の良い日に、山に登ってみようよ」

と誘いがあった。結婚前、付き合っていた頃は、そんなことを言う女性ではなかった。千恵も自分の体力が少しずつ落ちていることは十分分かっているはずだ。私は、

「毎週でもいいよ」

と笑いながら返答した。千恵が病気を克服しようと前向きになってくれている。その

気持ちを大切にしたい。思い出に買った夫婦箸は、今も大事に使っている。

千恵は家庭菜園が好きで、近くのホームセンターに行き、大きめの鉢植えと土と肥料を購入した。誰もが簡単にできそうな、ミニトマトやバジルなどのちょっとしたものをベランダで育てていた。千恵は、

「大きくなれよ、大きくなれよ」

「おまえも大きく育つんだぞ、私も頑張るから……」

と鉢植えに水を灌《そそ》ぐ時に話しかけているのが聞こえてしまった。娘や私に言えない胸のうちを誰かに伝えたかったのだろう。私は、その様子をこっそり見ていた。

ある日の夕食で、千恵が
「今夜のサラダに入っているミニトマト、これベランダで育てたトマトなんだ。私の育てた愛情たっぷりのトマトだから、美味しいから食べてみて」

「うん、美味しいね」

確かに美味しかった。千恵の生きたいという想いが宿っているように感じられた。

「他の野菜なども家庭菜園で育てられれば、自給自足できるね、これで我が家は安泰！」

「そうだね、そうすれば野菜は買わなくて済むし、食費も浮くね」

「でも、うちのベランダって狭いから、一食分のお米も育てる場所は確保できないし、

大根とかキャベツなんかも育てられないね」

と冗談を言い合い、笑った。

千恵は、自分の身体ががんの進行により、蝕まれて悪くなる中、植物がこれから生を受け、元気に育っていく姿を見て羨ましいと感じたのだろう。

ある日、千恵が、

「そういえば、遺影の写真を決めなくちゃ！」と言った。私は、

「決めるのはまだ早いでしょ！」と言ったら、

「何言ってるの、別に病気になっていなくても、決めている人、たくさんいるよ」

と言い返されてしまった。

「よく撮れているのがいいよね、どれがいいかな？」と言ったので、私は、

「あまり、若い時の写真じゃおかしいだろ！」と言い返した。千恵は、

「そうだね」

と相槌を打った。私の父は事故で急に亡くなった。遺影を選ぶ時間も暇もなかった。

昨今は、終活で遺影の写真を決めたり、お墓まで購入している人もいるようだ。私が小さい頃は、亡くなってもいないのに、遺影やお墓などという言葉を出すのは縁起が悪いと親や親戚から言い伝えられていた。

私もいつか、このような状況がやってくるであろう。相談したり、話をする人もいないまま、自分一人で全て決めなければならない。そんな状況は、想像したくない。

千恵はピアノの上の棚に飾ってある、いくつか行った旅行の写真から、候補を二つ、三つ選んだ。

「ねえ、パパ、遺影はこの先、残された人がずっと見るものだから、この中から決めて！」

と言った。私は、遺影を決めたくなかった。死が手招きしていると思ったからだ。数分悩み、遺影を決めた。千恵は、

「これで、決まりね！」

「病院に入院した時に持って行く写真はこれでいいね」

楽しそうに話をしていた。

千恵は、お墓の話はしなかった。敢えて言わなかったのだろう。引っ越す前に住んでいた場所は海が近く、よく海岸通りを散歩した。

「お墓は海の近くがいいな」

と言ったことがあった。海沿いに墓地がある。私は覚えていた。

「ところで、遺影は決めたけど、お墓はどうする？」と私から切り出した。

「……」

千恵は何も言わなかった。私から、

「お墓もピンキリで、今は共同墓地で墓石が無いものや建物の中に引き出しになっているようなものもあるし……」と言ったら、

「任せる。私がいなくなったら、決めて」

お墓の話はそれでやめた。私は、それ以上聞かなかった。

千恵は、私の父の遺骨が眠っているお墓には入りたくないのかもしれない。結婚する前に一度だけ、そのお墓に行って、亡き父に結婚の報告をしたことがあった。

死がまた一歩近づいたような気がした。

体調不良の日が多くなり、外出することが減った。それでも、食事の買い物やたまに家族三人で外食したりもした。私は体調が良い日を選んで、できるだけ外に連れ出すことにした。

「今週末って、何か用事ある？」

「何も予定は入っていないよ」

「体調が悪くなかったら、外食でもしよう」

と言って、娘が学習塾や部活で帰宅が遅くなりそうな日を選び、今まで行ったことのないような六本木のお洒落なレストランや銀座のレストランに誘った。千恵は、私か

ら誘ったことに喜んでくれた。結婚し、子供ができてからというもの、二人きりでそんなところに連れていったことはなかった。まして、私が計画して連れ出すことなどありえなかった。

「どうしちゃったの？　こんなところに誘ってくれて」

「まあ、たまには。二人きりで、娘も塾で遅くなるって言ってたし……」

千恵は、私ががんという病に冒され、長生きできないからでしょとは言わなかった。

お互い分かっていた。口には出さなかった。

私は会社人間で、仕事が忙しい時は、家庭を顧みず、深夜残業や休日出勤もした。

それで、家にお金を持ってくるのが私の務めだと思っていた。

銀座に連れ出した時には、有名な政治家を見ることができた。

「あの人って、有名な政治家だよね？」

「やっぱり、そうだよね」

「政治家の人ってこういうところで食事とかしているんだね」

と言って喜んでいた。食事やお酒を飲んでいる時も、その話で持ち切りだった。

結婚記念日を迎えた。千恵には、

「今度の結婚記念日は、少し豪勢に過ごそう。空けておいてね」

と言ってあった。当日、都内の駅で待ち合わせをした。長年連れ添い、気持ちが高ぶるようなことはなかった。私は、駅のトイレで、結婚式に着たタキシードに着替え、

「こっち、こっち」

と言って、千恵の手を取り、貸し切りのリムジンに乗せた。

「これに乗るの？」

「そうだよ。東京湾周辺をドライブしてくれるんだ」

「アニバーサリーなら、特別にシャンパンをプレゼントしてくれるんだ」

運転手からシャンパンがプレゼントされた。

「結婚記念日に乾杯、パパ、ありがとうね」

夕暮れ時の東京タワーがライトアップされていたが、私は、ほとんど見ることはなかった。海の見えるレストランで食事をしながら、千恵が今までに行った海外旅行の楽しい話を聞かせてもらった。私は黙って、喜んでいる千恵をずっと見ていたかった。

私は、外で食事する際は、少しだけ飲酒することを勧めた。医師からは特に何も言われていなかったが、いろいろな知人や先輩から、お酒は身体に良くないからと言われていたし、私も分かっていた。良くないと分かっていながら私は止められなかった。長い闘病生活の中で、千恵は楽しみが少なくなり、笑顔が消えていった。お酒を飲む

嬉しそうな顔が見たかった。あの時、強い意志で抑止しておけば、進行が抑えられていたかもしれない。

※

運動するのが身体に良いことだとは分かっていたが、運動する機会を見つけられなかった。ルームランナーはほとんど使用しなくなり、部屋の片隅で眠っていた。楽しく運動できるものにしよう！　千恵が喜びそうなことをしよう！　何ができるのかと考えていた時、ふと、千恵が学生時代や社会人になってからもテニスをしていたことを思い出した。結婚前、一緒に少しだけやったことがある。今でも少しくらいであれば、テニスをできるだろう。

「今度の連休、ちょっと空けておいてくれない？」

と千恵と娘に聞いたところ、

「大丈夫だけど、泊まり？」

「そうだよ、テニス合宿を企画したんだ。会社の保養所のコテージに泊まって、夜は焼肉・海鮮焼きパーティーにしようと思うけど、どう？」

「賛成！」

千恵と娘は喜んでこの提案を受け入れてくれた。娘はちょうどその頃、学校の体育でテニスをやっていたらしく、興味があったようだ。

目的地に到着し、テニスコート一面を借りた。

「最初は、誰と誰がやる？」

「ママと彩ちゃんがやれば、パパは見ているから」

と言って、私は二人のプレーを見ていた。

「ラリーにならないからつまらない。彩ちゃん、パパと代わって」

しぶしぶと娘は、私と交代した。

「あれっ、ママ、まだ結構身体動かせるんだ」と私が言うと、

「私、元テニス部だったのよ、病気になったって、少しくらいテニスくらいできるわよ」

と言いながら、ボールを打ち返してくる。私は、千恵ができるだけ打ち返しやすいようなボールを返した。少し疲れたように見えた。

「彩ちゃん、ママと代わってあげて」

「ママも若くはないんだから、無理しない方がいいよ」

娘は喜んでコートに入った。

「彩ちゃん、ボールを打つ時は、ラケットの面をボールと直角に当てて……」

など、千恵の指導が入る。

「違う、違うよ、そうじゃなくて……」

娘のプレーを見ていられず、コートに入って、直接身体やラケットの動きを指導する。私はその光景を見て、千恵が病気になる前から、テニス合宿を企画しておけば良かったかなと思った。

テニスが終わった後、保養所の部屋で焼肉・海鮮焼きパーティーを行った。前日に食材を買い込み、現地で調理する。テニスの反省会をしながらビールを飲んでいると、千恵は、

「ほんと、パパと彩ちゃんは、テニス下手なんだから。病気になったって、私の方が何倍もテニス上手いんだから」

「テニス教室にでも通ってみれば」

相変わらず、毒舌である。私は、娘の顔を見て、

「そう言うなら、彩ちゃん、パパと二人でテニス教室にでも通いましょうか、上手くなってママを見返してあげよう」

「そうだね」

と娘が相槌を打った。食事とお酒が進む。千恵は肉類を控えているため、私たちを恨

めしそうに見ながら、

「パパ、海老の殻剝いて」

と言い付け、私は喜んで殻を剝いてあげた。私には、そのくらいのことしかできない。もし、病気になっていなければ、子供じゃないんだから、そのくらい自分でやったらと笑顔で突き返していたことだろう。家族が笑いながら、一緒に食事ができることに幸せを感じていた。

翌日の午前中、卓球やバドミントンを行い、できるだけ身体を動かして汗をかくようにした。

運動することにより、ひとときでも病気のことを忘れ、がんに抗体となってほしい。

昼食時となり、千恵はアウトレットのフードコーナーで、お気に入りのラーメンを注文した。

「いつ食べてもここのラーメンは最高」

「塩分は控えめにね」と私が言うと、

「分かってるって、ほんとパパはうるさいんだから……」

と微笑みながら言い返してきた。帰りの車の中で、

「テニス合宿楽しかったね」

「私も、まだまだ、身体動かせそうだから、また天気の良い日に行こうよ」

と千恵から誘ってきた。その後も、千恵の身体が動かなくなるまで、このテニス合宿は年に二、三回続いた。千恵の楽しそうな顔や笑顔がいつまでも続くことを願った。

千恵が病気を患い、私にできることは何でもしたいと思っていたが、何故か、心は満たされていなかった。念願の都内の生活や海外旅行、洒落たレストランも全てお金で解決できた。私は千恵のために何一つしてあげられない。他の誰もができるものだったためだ。

揺らぐ決意

ある年の冬の朝、千恵とある情報番組を見ていた。MCが、最近、

「『泣けるCM』で流行っているものがある」

と言って、『泣けるCM』を三分程度紹介した。CMの内容は、母親が他界し、数年後の娘の結婚式に父親がピアノを弾くというものである。父親が弾く曲名は『カノン』。この曲は、娘が幼少の頃、母親からよく教えてもらったものだ。新婦は父親がピアノを弾けることは知らない。父親はピアノ教室に通い、娘の晴れの舞台に言葉をかわすことなく、ピアノの演奏という形で祝福したのだ。たどたどしい演奏に新婦は号泣する。最後に、

「お父さん、頑張れ！」

と心の中で声を上げる。というものだ。私は、この映像を見て、目頭が熱くなってしまった。そのＣＭを見ていた千恵は、

「約束守ってくれなかったね」

と言った。私は、何を言っているか直ぐに分かった。十八年も前に私が言った約束を千恵は一時も忘れずに想い続けていた。私は、無言のまま会社に行ったが、仕事が手につかない。このまま、約束したことも守らず、ただ時が過ぎるのを待つだけなのか？死が確実に近づいている。千恵も私もよく分かっていた。

三日程度、悶々とした日々を過ごし、自宅近くのピアノ教室に申し込みをした。初めての習い事である。申し込みの際に、

「何曜日の何時頃が良いですか？」

と聞かれた。私は少し迷ったが、

「土曜日の午後にしてください」

と返答した。平日の夜は、できるだけ家族と食事をして過ごす時間に空けておきたかった。また、残業などでレッスンに参加できなくなるかもしれない。毎週、特定の曜日の夜の時間帯だけいないのも不審に思われるのではないかと思ったためだ。

私は、思い立ったら深く考えず、直ぐに行動に起こし、何度も失敗してきた苦い経験がある。以前付き合っていた別の女性から、

「あなたって、猪突猛進ね」

と言われたことを思い出した。ピアノ教室に通うことによって、何か大切な物を失うかもしれない。それでもいい。千恵との約束を果たすことができれば、私は、何を失っても後悔しないと心に誓った。

私は、今までまともな習い事はしたことがなかった。小学校に通う前、どうしてもそろばん塾に通いたくて、姉が通っていたそろばん塾についていった。その帰りに交通事故に遭った。その時の記憶はほとんどないが、病院で脊髄に注射され、とても痛かったことだけは覚えている。その後、月に一回程度電車に乗り、検査を受けに行った。タクシーと衝突し、数メートル飛ばされたと姉が言っていた。父は、私が小学生の時に亡くなり、塾に行きたいと思った時には経済的な理由で行くことはできなかった。習い事は金銭的に余裕がある人が行くものだと思っていたし、周りを見ると実際そうであった。

音楽は得意ではなかった。リズム感が悪く、音痴な私は音楽の授業が嫌いだった。そのため、小・中学校の成績は五段階中ほとんどが二だった。ただ歌謡曲やビートル

ズの曲を聴くのは好きで、当時、少ないお小遣いをためて、ＬＰやドーナツ版のレコードを購入した。音楽は聴くものであって、自分で演奏するものではないと思っていた。

ピアノのレッスンは都合の良い時間帯の空きがなく、申し込みをしてもすぐにレッスンを受けられなかった。事前の説明会を受ければ、翌日からピアノのレッスンが受けられるものと思い込んでいた。考えが甘かった。数日経ったが、レッスン開始の案内がこない。練習はいつから開始できるのか？　千恵の死は待ってくれない。待っている時間はとても長く感じた。一週間が過ぎ、二週間が過ぎ、そのうち一カ月が過ぎた。私は、何度となくピアノ教室に電話し、いつ頃からレッスンが開始できるのかを聞いたが、

「ご希望の時間帯は他の生徒さんで埋まっています。いつになるか、分かりません」

がいつもの回答だった。ピアノを弾かなければ、という使命感は時間の経過とともに薄れていってしまった。二カ月が過ぎてもピアノ教室から連絡はなく、ピアノを弾く熱意は完全に冷めてしまい、何もなかったような日々に戻りつつあった。ピアノを弾いて約束を果たしたいという想いは、しょせん願望であって、実現するのは無理なものだと諦めていた。

✲

その年のゴールデンウイークに伊勢志摩に行く計画を立てた。千恵は、国内旅行はあまり好きではなかったが、三重県にある神社にお参りしたかったことや三重県にある日本一の高さから一気に急降下するジェットコースターに乗ることが、その気にさせたらしい。

ゴールデンウイーク期間中の新幹線の予約は、思ったほど簡単にできるものではないことが分かった。新幹線のチケット予約は乗車日の一カ月前から開始するとのことで、千恵が窓口まで行き、チケットを購入した。千恵は、

「もう、どれほど、立って待っていたと思う?」

「足の痛みに耐え、くたくただよ」

「やっとの思いで、往復新幹線のチケットがとれたよ」。私は、

「偉い、偉いよ、感謝してるよ」

となだめた。辛い思いをしてまでも、どうしても旅行に行きたかったようだ。

千恵は、お寺や神社にお参りをするのは好きではなかった。結婚前、お正月に神社に行き、おみくじを引いたところ、凶が出た。その年に、生死を彷徨う大きな病気を

患った。それ以来、神社やお寺に行っても、おみくじは引かないし、足を運ぶことも少なくなった。がんと診断されてから、初めてのお参りである。

当日、三重にある神社は大勢の観光客でごった返しだったが、千恵は長い間お祈りし続けていた。私はお祈りする姿を横眼で見ていた。

がんを患い、都内に引っ越しした後に、愚問とは思ったが、敢えて千恵に聞いてみた。

「何か欲しい物ってある？」

「あるよ、健康」

「それ以外、何もいらない」

「……」

健康でいることが当たり前と思っていた私は、改めて健康の有難みを感じた。健康はお金では買えない。私は、今までお正月にお参りに行っても、決して健康を祈願したことはなかった。千恵の返答を聞いてから、私の願い事は変わった。

宿泊所は会社の保養所を利用した。保養所は、海にほど近い場所にあり、海鮮料理が美味しいとの評判だった。千恵は、

「もう、ここに来ることはないと思うから、何でも好きな物食べていい？」

「そんなことはないと思うけど、何でも食べていいよ」

と私は精一杯の返事をした。いつも自宅で辛そうにしている千恵が喜んでいる。何ものにも代えられない。千恵は、

「お酒も少しは飲んでいいでしょ？」

「いいよ、少しだけね」

千恵の笑顔を見て、身体に良くないから、だめとは言えなかった。

最終日に、千恵の免疫力が上がるであろう三重県にあるテーマパークに行った。ここは、ジェットコースターが日本でも有名だ。私は、高いところとジェットコースターは苦手であるが、千恵の免疫力が上がるなら、目をつぶって乗っていればいいと言い聞かせ、ジェットコースターを一緒に乗った。

「パパはほんとに憶病で弱虫なんだから……」

「彩ちゃんだって、ちゃんと目を開けてたのに」

「誰にでも苦手なものはあるの」

と二人で笑いながら会話した。千恵のこの笑顔がいつまでも続いてくれることを願っていた。

時間の都合で、全ての絶叫マシンを体験することはできなかったが、千恵の手帳には、ぜひ、もう一度行き、絶叫マシンを全て制覇したいと書かれていた。

その年の夏に念願の場所に家族と行くことにした。ある有名グループが屋上のプールでCMを行っていたところだ。

「あそこの場所ってどこだろう？　作りものじゃないよね？　あんなところ、一生に一度でいいから行ってみたいよね」

と千恵とよく会話していた。場所が分かった。マリーナベイ・サンズというシンガポールのホテルの屋上のプールだ。数カ月前から計画し始めた。楽しいことを考えると免疫力が向上すると聞く。この旅行の計画を立てるのは、全て千恵にやってもらった。

　放射線の治療を周期的に行っていたため、旅行について担当医と会話した。

「先生、家族でどうしても海外で行きたいところがあります。ずっと前から妻と私が行きたかった場所です。今後、回復する見込みはないことはよく分かっています。できるだけ、元気なうちに家族で旅行に行かせてください」

とお願いした。先生からは、

「いいでしょう、元気なうちに行って、楽しんできてください。その間、放射線の治療はお休みにしましょう」

　病状が悪くなっている時、体調が悪い時、精神的に病んでいる時、親身になってアドバイスしてくれた。私たちはこの担当医に絶大なる信頼をおいていた。私は千恵をあの場所に連れていきたかった。

問題が発生した。千恵は痛み止めの薬としてオキシコンチンを常用していた。旅行にも当然その薬が必要である。その薬は麻薬として取り扱われ、シンガポールに痛み止めの薬を持って行くことはできないとインターネットに書いてあった。どこの国でも入国審査をする際に、麻薬保持者を入国させる国はない。一度は旅行を諦めたが、今行くことができなかったら、次に行く機会はないだろうと予感していた。どうしても、あの場所に連れていってあげたかった。よくよく調べてみると、必要な書類の提出と手続きを行えば、薬を持って入国できるとのことだ。

書類は、シンガポール入国管理局に提出するために必要なことを英語で全て記述しなければならない。千恵も私も英語は中学生レベルであり、何が書いてあるのか全くといっていいほど分からなかった。

会社の知人で、千恵が米国に行った時に、現地で通訳をしてくれた人がいる。年賀状のやり取りはしているので、私のことも知っている。私はその人に電話して、

「お願いがあるのですが……」

「妻が乳がんを患っており、どうしても海外旅行に行きたいのですが、痛み止めの麻薬を持っていかなければならず、入国するためには、英語で書かれた書類を作成する

必要があります。ご協力いただけませんでしょうか？」と言った。

「分かりました。私も千恵さんとは、米国で仲良く楽しい時間を過ごさせていただいたこともあるので、協力いたします」とその人は言った。

二日後に英語で書かれた書類を受け取った。

千恵とでき上がった書類を見ながら、

「何が書いてあるんだろうね？」

「パパは、他の人より二年も多めに受験勉強やっているんだから、これくらい分からないとね」と嫌味を言われたが、

「何回も海外旅行に行っているんだから、英語は堪能じゃないの？」

と笑いながら言い返した。

数日後、またちょっとしたトラブルが起きた。千恵が自宅マンションの出口付近の少し段差のあるところでよろけ、転んだ。目の少し上に大きな怪我をし、病院に行くことになってしまった。シンガポールに行く三日前のことである。入院するような大事には至らなかったが、その病院の医師からは、

「海外旅行に行くのですか？」

と怪訝な顔をされたと言っていたが、行くことに躊躇いはなかった。

念願だったマリーナベイ・サンズに宿泊することができた。あのＣＭに映っていた、あのプール。ホテルの棟が三つ連なり、屋上を大きな船で繋げている。

「夢にまで見た場所にホントに来ちゃったね！」

「来たいと想っていても、なかなかここには来れないよね」

ＴＶで放映された場所に来ることができ、優越感を感じる。これも、千恵が重い病気になったからだ。もし、直ぐにでも治るような病気にかかっていたらこの場所には来ていなかった。千恵も娘も楽しそうだ。そして私もだ。

地上五十七階のプールに入ることができた。娘とプールの中の片隅で、夕陽を浴びている建物を眺めながら、

「ずっとこうしていたいよね」と私が言った。娘も、

「うん、そうだね」

と相槌を打ったが、瞳は遠くを見つめ、どこか寂しげに感じた。娘は母の病気のことは口にしたことはない。病状が悪化していることは気が付いているはずだ。娘は、プールで楽しそうに泳ぎ、微笑んでいたが、千恵の病状を案じていたのだろう。千恵の身体を長い時間冷やすのは良くないと思い、少しだけプールに入り、三人で夕陽を眺めていた。私は、この瞬間が止まってほしかった。夕食が済んでからも、短時間だけプー

ルに入った。夜景を見ながらうっとりした時間を過ごす。日本では味わえない贅沢な時間を過ごすことで、日常の辛い思いを忘れてほしい。

翌日もプールでのんびり過ごした。夜には、リバークルーズで夕食を取る予定であったが、当日の無料カクテルタイムでお酒を飲みすぎたのと前夜に火災報知器が鳴り響き、睡眠不足となったため、リバークルーズは断念した。千恵は予定していた計画がその通りにならないことに苛立ちを隠しきれなかったが、それでも、いつの間にかイライラ感は消えていた。異国の風が千恵の気持ちを和らげたのであろう。

恐らく、もうこの場所に三人で来ることはできないだろう。この光景をしっかりと目に焼き付けておこう。楽しさと同時に一抹の寂しさも感じた。

翌日は、セントーサ島にあるテーマパークに行った。入園券を購入していると、

「パパ、早く、早く、こっち、こっち」

と千恵が手を振り、声を張り上げている。私は、

「はい、はい、今すぐそっちに行くので、少し待って」

と言って、小走りで駆け寄った。目新しいアトラクションがあり、日本のＵＳＪのように長時間待つことはなく、体験することができた。千恵も娘も喜んでいる。家族の笑顔は何ものにも代えられない。

ＴＶで紹介されていたセントーサ島にあるアドベンチャー・パークにも行った。小高い山の上から海の沖合にあるビーチまでワイヤーに吊るされていっきに滑り降りる乗り物がある。千恵は気持ちが高ぶっているように見える。乗るまでの順番待ちをしている間、

「彩ちゃん、ここからあそこのビーチまで行くんだよ、一人で行けるかな？」

「ママ、もう私は子供じゃないんだから、一人で行けるよ」

などと言い合っている。そんな言い合っている二人の姿が微笑ましかった。娘を一番先頭にし、二番目は私が、最後に千恵の順番で滑り降りることにした。きっと千恵が写真を撮って！　と言うだろうと思ったからだ。千恵は、

「パパ、写真撮ってよ、写真、写真」

とリフトに乗りながら、大きな声で叫んでいる。私は、辺りの景色はほとんど見ずに、千恵の大喜びする顔をカメラのレンズを通してずっと見ていた。

日本では当時なかった電動キックボードを千恵と娘が体験した。娘は付き人が不要であったが、千恵は思うように動かせず、付き人の力を借りて何とか前に動かせているようだ。それでも

「パパ、写真、写真」

「早く、早く写真撮って」

とせがむ。とても楽しそうだ。

きっと日本に帰ったらこんな顔は見られないんだろうな……。

病気でなかったら、もっと楽しかったのだろうか？

至福の時を過ごすことができた。千恵もそう想っていてほしい。

時が刻々と刻まれていく。一分一秒も無駄にしてはいけない。時間よ、止まれ！

このひとときを忘れたくないと切に思った。

楽しかった旅行が終わってしまい、病気と向かい合わなければならない現実に戻った。旅行を計画している千恵は、活き活きとしているが、予定がなくなってしまった今は、少し元気がない。

後日、私は千恵を元気づけさせようと家族三人で富士に近いジェットコースターが有名なテーマパークに行くことにした。千恵は絶叫マシンが大好きだ。生きる意欲が少しでも生まれればいい。そこは、日本では一、二を争う絶叫マシンの宝庫だ。

そのテーマパークで千恵に乗らせたい絶叫マシンが四つあった。いずれも数時間待ちとのことだ。開園前に最初の方に並べるよう早朝に家を出た。

私は、千恵と娘がジェットコースターの乗車を待っている間、別のジェットコースターの順番待ちのために並んでいた。乗車する順番が近くなると携帯にメールを入れ、返信がなければ電話する。

「今、前から二十番目くらいだから、そろそろこちらに来て」と言うと、千恵から、

「OK」

と返事が返ってくる。昼食時はパンをかじりながら並んで待っていた。千恵や娘が絶叫マシンに乗って喜んでいる姿を思い浮かべる。私はそれだけで十分満足だった。

絶叫マシンを一つ乗り終わり、娘は、少し泣きそうであった。千恵は興奮していた。また、とても喜んでいた。千恵は、

「落下するスピードがたまらないのよ！」

「落ちる瞬間、両手を広げちゃった」

等、並んで交代する時に少しだけ感想を聞かせてもらった。千恵と娘は四つの絶叫マシンを無事制覇できた。

帰りの車の中は、絶叫マシンの話で持ち切りだった。

「彩ちゃん、あの最後に乗ったジェットコースターって最高だったね！」

「ママ、年甲斐もなく、キャー、キャー、言ってたね」

私は二人の話を聞いているだけで楽しかったし、やっぱり乗らなくて良かった。千

恵と結婚する前、ある遊園地のフリーフォールに乗った時、気持ちが悪くなり、ベンチで一時間ほど休んでいたことがある。私は、高所恐怖症のため、絶叫マシンを体験していたら失神していたかもしれない。

私は、絶叫マシンを一人で並んで待っている間、忠犬ハチ公だと感じた。

ご主人様が喜んでくれさえすれば、それでもいいかなと思った。

千恵は、ある日、

「がんになって良かった」

と言った。私は、不思議に思い、

「どうして?」と聞くと、

「表面上だけで付き合っていた知人と、心から話ができるようになったから」

「家族に一体感が生まれ、絆ができたように感じるから」

「何より、人の温かみや優しさを切に感じるようになったから」

と言った。毒舌の千恵から、それほどまでに優しい言葉が出てくるとは思わなかった。

子供が生まれてからというもの、私は家族をないがしろにしてきた。千恵の寂しさや辛さなどは考えることもなかった。千恵は、そのようなことを思っていたとしても、決して口にするような人ではなかった。私はその言葉を聞いて、胸が熱くなった。

＊

約束を果たすことなどすっかり忘れていた。そんな十月のある日、一本の電話があった。ピアノ教室からだった。

「空きが出たので、どうでしょうか？」

「二、三日考えさせてください。折り返し、返答いたします」

と言って電話を切った。申し込みをしてから半年以上経っていた。一度冷めてしまったやる気はなかなか戻らない。自宅で家族と過ごす時間は大切だが、指をくわえて時間が過ぎるのを待つのは耐えられない。二、三日悩んだ末、ピアノ教室に通い始めることにした。

レッスンを受ける前に、ピアノ講師の方からレッスンを受ける人への説明会がある。説明会には五、六組の親子と私だけだ。子供たちは皆、幼稚園児か小学校低学年のようだ。その歳でピアノを習うの？という目で見られているような気がした。

親しくしていた会社の部長が、五十歳近くで初めてピアノ教室に通いだした。理由を聞いたところ、

「ピアノを通して音楽を楽しむ、両手を使うので老化の予防にもなる」

と笑いながら言っていたのを思い出した。私とは目的が違っていたが、年齢を重ねた男性が、幼い子供たちと一緒にピアノ教室に通うことは恥ずかしかったと言っていた。

レッスンを受ける理由を聞かれたら、何て答えようか？

ピアノ教室の受付の方から、

「習うのに歳は関係ないし、大人の生徒さんも数名いらっしゃいます。男性がピアノを弾くことは素敵なことですよ」

との言葉をいただいた。

私の娘も四歳から五年程度ピアノ教室に通っていた。千恵が娘を溺愛し、いろいろと習い事をさせていた。娘のピアノの発表会を二回見に行ったことがある。上手く弾けたのかどうか、全く分からないまま、ただ聴いているだけだった。演奏の途中で、止まってしまった子供もいた。私の姉も幼い頃ピアノを習っていた。電車に乗り、隣の町の商工会議所でピアノの発表会に出て演奏した記憶が残っている。

そもそも、ピアノは女性のための習い事であって、男性がするものなのかと少し偏見を持っていた。私が小学生の頃、男の人でピアノ教室に通っている人はいなかった。

もし、通っていたとしても、

「僕、ピアノ教室に通っているんだ」

などと恥ずかしくて言えなかった。

ピアノを習うことになり、練習室に行った時、発表会で良い演奏をした人は表彰され、壁に名前が載っていた。ほとんどが女の子であり、小学生以下だ。数名、中学生や男の子の名前も載っていた。最近、TVでは、スポーツ選手や良い大学に合格した学生も幼少の頃ピアノを習っていたとよく聞くようになった。男性も気軽にピアノ教室に通えるようになったと感じるが、それでも恥ずかしい気持ちに変わりなかった。

最初の三カ月程度は、楽譜はなく、ピアノに慣れるためのドレミの教材だった。音符ではなく、五線譜にお団子が書いてあるものだ。

ピアノの先生から、

「大きな声で、いち・にい・さん・しい、いち・にい・さん・しいと掛け声をかけて弾いてみましょう」

と言われたが、習いたての頃は掛け声をかけながら、ピアノを弾くことができず、掛け声は前に進んでいるが、指は止まったままだった。また、ある時は、ピアノを弾く指は動いているが、掛け声が出ないこともあった。先生から、

「リズムに合わせて弾けない時は一旦、ピアノを弾くのを止めましょう。掛け声をかけながら手拍子を叩いてみましょう」と言われた。

一定のリズムの場合、掛け声と手拍子は合わせることはできたが、少しでもリズムが速くなったり、遅くなったりすると、掛け声につられて、正しいリズムで手拍子を叩くことができなかった。

いい歳を過ぎた大人の男性が、ピアノの練習をしているところを子供たちの眼には、どのように映っていたのだろうか？　練習室は個室になっていたが、ガラス窓で外から中が丸見えになっている。子供の生徒が、私がピアノの練習をしている姿を見ているのが見えた。防音設備にはなっているが、音は個室から外に漏れていた。私が掛け声を出しているのを聞いている子供たちが笑っているのが見えた。恥ずかしい気持ちはあったが、人にどう思われようとかまっている時ではない。今すべきことは、約束を果たすためにピアノの練習を行い、曲が弾けるようになることだけだ。

ピアノレッスンは、先生と生徒の一対一で行う。私のピアノの先生は厳しいとの評判であった。一人で練習していても緊張して弾けなくなることはないのに、先生を前にしてピアノを弾く時は何故か緊張した。緊張を解すために、ピアノのレッスンを開始する前に、

「今日は、良い天気ですね」

「先生はどの作曲家が好きですか？」

等、とりとめもない会話をして、気持ちを落ち着かせてからレッスンに臨んだが、ほとんど効果はなかった。自分が小心者であることを何度も痛感した。

夏場は汗で指が湿っぽくなる。逆に、冬場は指がかじかんで思うように動かない。上手く弾けず、緊張もしているため、よく額から汗が流れていた。汗をかいているところを先生に見られるのがたまらなく嫌だった。いつもフェイスタオルを持参していた。

三カ月程度が過ぎ、初心者用の音楽練習教材が渡された。ハノンとリズムの二つの基礎教材があり、練習することを勧められた。ピアノの先生からは、

「ハノンを練習すると、指の動きがスムーズになります。初心者の方やピアノの講師の方も曲を弾く前にハノンで練習します。リズムの基礎は、音楽を習う人は、練習してほしい教材で、リズム感が良くなり、右手と左手と鍵盤を弾くリズムが良くなります」と教えてくれた。ただ、今は、約束のピアノを弾くことに直接関係するとは思えなかったため、練習することを断った。時間がもったいない。

自宅には、娘がピアノ教室に通うために購入したものがあったが、自宅のピアノで練習はできない。鍵盤を叩いて実際の音を聴いてみたい。ピアノが借りられる場所をインターネットで検索したところ、自宅から自転車で三十分程度のところに電子ピアノを置いている文化センターがあることが分かった。どうしても実物の鍵盤を叩いて

みたくなり、会社が終わった後や有給休暇を利用し、文化センターに通うことにした。土曜日や日曜日のピアノの練習室は、全て予約で埋まっていた。ピアノを借りて練習できるのは、平日の十九時から二十一時の間だ。

仕事が終わった後、直接自転車置き場に行き、自転車で文化センターに行く。着いた後にパンをかじる。受付の人から電子ピアノが置いてある練習室の鍵と電子ピアノの鍵を受け取り、重い扉を開け、中に入る。電子ピアノのコンセントをさし、電源のスイッチをオンにする。その時、今日も一日頑張ろうと自分自身を元気づけた。電子ピアノの打鍵はとても柔らかく、以前自宅でアップライトピアノを触った感触とは全く違ったものだった。

練習が終わったら自宅に帰るコールをする。

「今、仕事が終わりました。後片付けして、帰宅は二十一時三十分頃かな」

と病弱の千恵に偽りの連絡を入れる。会社でトラブルがあり残業だとか、終業後から打ち合わせが入ってしまい、帰りは遅くなりそうだとか。それでも千恵の体調が良い時は、夕食を作って待っていてくれる。私は、一人で夕食を食べながら、いつか、必ず約束を果たしてみせるからね!・それまで生きて待っていてね!・と心の中で呟いていた。

平日は週に三〜四日程度通った。雨の日に傘をさして自転車に乗っていた時、滑って転んだこともある。暑い夏の日に自転車で行って、全身汗だくになり、トイレでしばらく休んでいたこともある。受付の人と顔見知りになり、挨拶をする間柄にもなった。

私は、警察官は好きではない。どちらかというと嫌いな方である。幼い時に、何度も自転車で交通事故を起こして強く怒られたことや高校生の時、夜中に友人とぶらついていた時に注意されたことなど、良い思い出がない。

ピアノの練習に行く時は、千恵が使っていた赤い自転車を使っていた。練習開始時刻が十九時からで辺りは暗くなっているが、いつも無灯火で自転車を漕いでいた。乗っていた自転車は、車輪と発電機を擦り合わせて発電し、灯火する旧式のものであったため、灯火するとスピードが遅くなり、漕ぐのが疲れるからだ。

ある日、文化センターから自宅に帰る途中、警察官に捕まった。警察官が、

「ちょっと、そこの君、止まって」

と言ってきた。私は、その時、やっぱりと思った。昔、無灯火で捕まったことがある。私のような大の男が女性向きの赤い自転車に乗っていたことを不審に思ったようだ。その場で、職務質問やどこからどこに行くのか、どうして無灯火だったのか問われた。

警察官は、

「この自転車、盗んだんじゃないだろうな？　調べれば分かることだ。どうなんだ？」

まるで犯人扱いである。私は、

「この自転車は妻の物です。この近くにある文化センターから自宅へ帰る途中です」

と返答した。自転車に名前は書いていなかった。

警察官は本当に盗難車かどうか調査するために、電話をしていた。

「自転車が盗難されているか、確認したいんだが」

警察官が、電話先の人に大きな声で話をしているのが聞こえた。私は、無駄なことだと知りつつも、これが警察官の仕事だから仕方ないのだと思って聞いていた。

「どうやら盗難車じゃないことは確認できた」

「で、何しに文化センターに行ってたんだ？」

と警察官は聞いてきた。私は、嘘をついてごまかすことも一瞬考えたが、いちいち根ほり葉ほり聞かれるのも面倒だと思ったので、

「妻にピアノの演奏を聴かせるためです。私の妻ががんになってしまいまして……」

と本当のことを話した。警察官は、

「それは、どうも失礼致しました」

と手のひらを返したようにおとなしくなった。

「これも仕事なもので。頑張ってください」

と言って、去って行った。

不愉快な思いは一瞬で消え、手のひらを返した言い方が少しおかしかった。でも、あの時、警察官が自宅に確認の電話をしたら何て答えようかと思った。

改めて、がんという二文字は、人を怖気づかせる魔力を持っているのだと感じた。今度捕まった時、万一自宅に電話をした時の言い訳を、帰りの自転車を漕いでいる時に考えていた。

一日二時間程度の練習で、直ぐに上達するわけはない。いつまで生きられるか分からない。少しでも前に進みたい。課題曲を何曲も弾けるようになれば、約束の曲も必ず弾けるようになると信じ込んでいた。

ある日、千恵と娘が出かけている間に、ピアノの鍵盤の幅や長さを測定した。A3サイズの用紙を半分に切り、セロテープで繋ぎ合わせ、紙面にピアノの鍵盤を書いた。これで、机の上でも指の動きを練習することはできる。前に進むことができる。

ピアノは左手が伴奏、右手がメロディーの曲が多い。私は右手より、左手の方が、力が強い。中学三年生の冬に跳び箱を跳んだ際に左手を骨折したことが原因のようだ。跳び箱は踏切版を跳び箱からどのくらい離して飛べるか競い合っていた。三名が最後に残り、跳び箱に手をついた瞬間に左手首を骨折した。おかげで高校の入学試験はギプスを付けて受験した。骨折が左手の方で良かった。右手を骨折していたら、試験も受けられなかったかもしれない。負けず嫌いな性格が骨折に結びついたのだろう。右手しか動かせないのだから、右手の方が強くなっていると思っていたが骨折した手の方が強くなる、と医者は言っていた。

ピアノの先生は

「伴奏は優しく、小さく、メロディーは強弱をつけて」

といつも注意されていた。どうしても左の指の使いが思う通りにできず、メロディーよりも伴奏の方が大きくなってしまい、曲のイメージが全くと言っていいほど違うものになってしまっていた。

ある日のピアノレッスンで、開始早々、両手を鍵盤の上においたが、全く指が動かなくなってしまった。先生はずっと何も言わず、見ていた。しばらく無言の時間が過ぎ、

「片手ずつ、弾いてみましょう、ゆっくりでいいですよ」

と言ってくれた。無意識のうちに、指が鍵盤を弾き始める。

「それでは、ゆっくりでいいので、両手で弾いてみましょう」

それでも指は動かなかった。一人で練習している時、こんなことはなかった。自分に掛け声をかける。

「さん、はいっ。さん、はいっ。さん、はいっ」

何度も掛け声をかけ、ようやく指が鍵盤を弾き始めた。自分の指が自分の意思の通り動かない。ある時は、曲の途中で間違ったことに気づき、演奏が止まってしまった。その後から弾き始めようとすると指が動かない。このようなことが幾度となくあった。

先生は、

「どこからでも弾き始めることができるといいですね」

とアドバイスしてくれた。間違いは誰にでもあることだからしようがないことだが、演奏を止めることがないように、どこからでも弾ける練習をすることが大切だと教えてくれた。約束の曲を途中で終わらせることのないようにと何度となく言い聞かせた。

ピアノの練習から帰宅後、夕食を済ませ、溜まっている食器洗いをする。終わった後は、ジョギングだ。千恵には、

「健康維持のため」

と言って出かけたが、頑張って生きて、私が走るところを見てほしい。そして少しでも長生きしてほしい、その一心だった。ジョギングから帰宅すると、千恵はほとんど就寝していた。やっと、紙面のピアノの練習開始の時間となる。

紙面のピアノを広げ、パソコンの電源を入れる。声を発しての練習はできない。パ

ソコンで課題曲の演奏を何度もイヤホンで聴き、メロディーとリズムを覚えこませ、指の動きを練習する。

ピアノの先生から、

「ご自宅では、どんな練習をされていますか？」と聞かれ、

「課題曲が、どのようなリズムでどのような音階で演奏されているのか、パソコンで繰り返し聴いて、メロディーを感じ取りながら、ピアノを弾いています」

と偽りの返答をした。先生は、

「ネットなどであまり聴かないようにしてください。メロディーに抑揚をつけたり、少し溜めて弾いたりと、本来のリズムから少し変えて演奏しているものがあります。正しいリズムを身に付けるためには、楽譜を見て声を発してリズムをとることが大切です」

と教えてくれた。先生の言う通りだと分かっていた、分かっていながら、紙面のピアノで練習する時だけは、パソコンをイヤホンで聴き、リズムに合わせて、指の動きを練習せざるを得なかった。コマ送りのやり方が分からず、指が演奏についていけないため、同じところを何回も何回も繰り返し聴いた。

ある日の深夜、千恵が私の部屋をノックしたことがあった。

「パパ、まだ起きてる？」

私は、あわてて机上にある楽譜と紙面のピアノを急いで隠し、新聞を広げ、パソコンの画面を閉じた。私は、

「起きてるよ、どうぞ」

と言って、千恵を部屋に入れた。

「次回の旅行のことについてだけど……」

いろいろと話をしたと思うが、私は上の空で、紙面のピアノの練習を見られていなかっただろうか？　辺りをきょろきょろしながら、隠し漏れているものはないだろうか？　千恵の話した内容は全く耳に入ってこなかった。それ以来、自室の部屋には鍵をかけるようにした。絶対に練習しているところを見られてはならない。

私は、この紙面に書いたピアノの鍵盤を今でも大切に持っている。手垢で汚れ、ぼろぼろになり、今後、一生使うことはないだろう。長い間、一緒に苦しみ、喜びを共にしてきた戦友のような存在だ。そんな苦楽を共にしてきた戦友を何故か見捨てられない。

翌年の一月、胸骨へ何回も放射線を当てたことにより、両肺ともに肺炎になった。飲み薬により一カ月程度で治癒するとのことだ。咳が止まらない日々が続いた。私は、

そんな辛そうな千恵に、
「彩ちゃんが春休みになったら、旅行にでも出かけてくれば」
と言った。千恵は喜んで、旅行の計画を立て始めた。喜んでいる姿を見ていると心が安らいだ。

春休みに千恵と娘は、二人で旅行に出かけた。旅行に出かけている間、私は、有給休暇を取得し、こっそりと自宅でピアノの練習をしていた。いつもなら、仕事が終わった後に自転車で文化センターまで行き、ピアノの練習をしてから帰宅する。深夜は紙面のピアノを広げて、ネットで課題曲を聴きながら、指の練習をする。千恵と娘が不在であれば、時間を気にしないで遅くまで実物のピアノの練習ができる。ピアノを借りるお金もかからない。二人が旅行に行っている間、朝起きてから深夜までできるだけピアノの練習を行っていた。電子ピアノの鍵盤とはずいぶんと感覚が違う。もし、近隣の人から苦情がきたら、私がピアノの練習をしていたことが分かってしまう。いつ苦情がくるか、ドキドキしていた。千恵のためと言いながらも、約束を果たすために、千恵と娘が旅行に行ってほしいもう一人の自分がいた。

ピアノ教室に通い始めて半年程度が過ぎ、課題曲が少しずつ弾けるようになってきた。やりがいを感じる。趣味でピアノを始めていたら、これほど真剣に練習していなかった。課題曲ばかりを弾けるようになってもいつまでたっても約束の曲は弾けない。毎週の病院の検査結果が少しずつ悪くなってきているのは、よく分かっていた。

あとどのくらい生きられるのだろう？　いつまで教材の練習曲を弾き続ければいいのだろうかと常々思い悩んでいた。

＊

その年の夏、娘は学校の修学旅行に行くことになった。

「彩ちゃんが修学旅行に行っている間、どうしようか？」と私から言い出した。

「四日間しかないから、遠いところに行くのは無理ね。もっと時間があれば、本当はニューヨークとかヨーロッパに行ってみたいんだけど……」

「どこがいいかちょっと考えておいてくれない？」

と私が言った。千恵は、東南アジア圏は好きでなく、華やかな場所を好んでいた。私は、のんびりできそうな場所であればどこでも良かった。一週間程度が過ぎ、千恵から、「旅行の計画書作ったから見てくれない？」と言われた。

レポート用紙には、〝暑い夏を満喫するため、マリンスポーツができるセブ島〟と書かれていた。セブ島は東南アジアではあるが、別格らしい。千恵が行きたいと思ったところであれば、何処にでも行くつもりだった。セブ島に行くことに決めた。

セブ島はホテルが充実しており、時間を気にせず、のんびり過ごせそうだ。気温は日本とそれほど変わらなかった。セブ島では、海底散歩というものがあり、二人で初体験した。海底をただ散歩するだけなのだが、何故か酸素ボンベは不要とのことだ。

私は、千恵に
「どうやって呼吸するんだろうね？」と尋ねてみた。

「……」

「ところで、『アビス』という映画って知ってる？」と聞いてみた。

「見たことあるよ、海底のお話でしょ」

私は、もしかしたら、『アビス』の映画のように、

「肺の中を液体で満たせば、無酸素状態で海底を散歩できるのかな？」

と冗談を交えて言った。その話で盛り上がったが、実際はそんなことではなかった。頭部がすっぽり覆いかぶさるほどのヘルメットをかぶり、海水を入れないようにするだけのことであった。二人で顔を見合わせ、

「なんだ、そんなことか！」

と言って笑った。そもそも、人の体は浮くものと思っていたため、海底を散歩すると

いったことができるのか疑問もあった。

千恵は、いつもより念入りに化粧をしていた。

「これから海底に潜るのに、そんなに厚化粧しなくてもいいいんじゃないの？」

と聞いたところ、

「もう分かってないな〜、南国の強い日差し対策のためなの。日に焼けちゃうでしょ」

私には、その感覚が全く分からなかった。

セブ島の海水は透明度が高く、熱帯魚や同じツアーで来ていた他の人の姿もよく見えた。海底散歩をしている際、写真撮影があり、二人横に並んで撮った。千恵は両手でピースをしている。陸地に戻った後、海中で撮った写真をパソコンで見せてもらった。よく見ると、ヘルメットをかぶった千恵の顔は笑顔になっていた。

パラセーリングも二人で体験した。一番高く上がった辺りで千恵は、

「あれ、パパ、手に汗かいてないね。どうしたの？」、私は
「全然怖くない。とっても気持ちいいね」

高層ビルの屋上と海の上とでは勝手が違うようだ。

二人で、脚をばたつかせながら、

「マリンスポーツ、堪能してるね〜」

と千恵は言った。普段高いところに行かない私は、海一面を見下ろす風の心地良さを感じていた。

旅行期間中、用がなければホテルの敷地から出ることはなかった。

「散歩でも行こうか?」と誘うと、

「外はあまり、観る所もないし、興味ないんだけど……」

と言って断られてしまった。やはり、閑散とした場所は好きではないようだ。

日本を離れひとときではあるが、自分の病気を忘れているように見えた。異国の風がそう感じさせてくれたのだろうか?

夕食は、薄明りが灯されている、海の見えるレストランで食事をした。千恵が病気になどなっていなかった、病気になったのは悪い夢でも見たのだと自分に言い聞かせたい。現実から逃避したい。でも、いつか必ず死は訪れる。私は暗くなった海を見ながら、
明日も一日元気で過ごせますように
約束を果たせる日まで千恵が生きていられますように
と祈った。

帰国して直ぐのピアノのレッスンで、担当の先生に、

「どうしても弾きたい曲があります。理由があります。そのためにこのピアノ教室に通い始めました」

と千恵の病気のこと全てを話した。ピアノの先生からは、

「レッスンを始めて一年にも満たない人にこの曲を弾くのは難しいですよ」

と言われた。楽譜は、インターネットからダウンロードし、印刷した約束の曲だ。私は、

「死に物狂いで頑張ります」

と、無理を言ってOKしてもらった。もし、ダメと言われた時は、ピアノ教室を辞めるつもりだった。

約束した曲の練習が始まった。

ピアノ教室に通い始めて九カ月目にして、ようやく目標の曲をレッスンで教えてもらうことができる。ようやくスタート地点に立てた。これからは、この曲を弾く練習だけに没頭できる。約束を果たすことに一歩近づけたことに喜びを感じた。

約束をいつ実現するかを考えなければならない。いつまで命が持つのか見当がつかない。千恵の死は待ってくれない。できるだけ、早い時期に実現できるよう一日一日を大切に過ごさなければならない。

千恵の気分転換を図るために、音楽会に誘った。

私は、音楽はさほど好きではなかったが、ピアノのレッスンを始めるようになり、音楽のすばらしさが少しだけ分かるようになった。千恵は、がんを患う前、あるＴＶドラマがきっかけで、クラッシックが好きになり、一人でも音楽会に行くようになった。

音楽会で、ベートーベンの曲が演奏された瞬間、

「この曲、私一番好きなんだよね」

と言った。私は、曲名は知らなかったが、メロディーは何回も聞いたことがある。家族三人で見たドラマのクライマックスシーンで流れていた曲だ。あの頃、千恵は元気で毎週このドラマを見ていた。

私は、クラシックを聴く趣味はなかった。ピアノ教室に通うことによって、作曲家の話や音楽史などの話をするようになり、音楽ジャンルの幅が広がった。これも千恵の病気のおかげだ。千恵は知らないはずであるが、私との共通の趣味がまた一つできた。

初秋になり、自宅から最寄りの文化センターの改装工事が終了し、開館した。改装前は文化センターではなく、図書館だった。改装前は、会議室にピアノがあり借りることはできたが、練習用として使用することができず、演奏会用としておいてあった。そのため、わざわざ自転車で三十分もかけて隣町の文化センターに通った。

新しい文化センターには、音楽教室ができ、アップライトピアノが設置された。アッ

プライトピアノと今まで練習してきた電子ピアノとでは、全くと言っていいほど異なる感じで身体に伝わる振動も味わえた。今後、会社から歩いてピアノ練習場まで行ける。雨の日も暑い日もあった。警察官に捕まった時もあった。これからはピアノの練習が終わった後、十分足らずで帰宅できる。今は、ほんの少しでも時間が欲しい。

約束を果たすための演出をそろそろ考えなくてはいけない。一生に一回限りの晴れの舞台だから、有名な指揮者や演奏家が使用するSホールで演奏することをずっと考えていた。きっと感動してくれるに違いない。インターネットで事前に借用情報は確認していたが、会場受付の担当者に電話して聞いてみた。

「演奏会場をお借りしたいのですが……」

「法人の方ですか？」

「いえ、個人でお借りしたいのですが……」

「お貸しすることはできます。観客は何人くらいを予定していますか？」

「二人です。観客は、妻と娘の二人だけです」

電話口の担当の方は、驚いた様子で、

「えっ？　そうですか」

「ピアノをお借りしたいのですが」と言うと、

「分かりました。日程は決まっていますか？」

「いいえ、まだ決まっていません。いつにするか決めかねていますが、平日の夕方で考えています」

「平日は、結構空いています。日程が決まったら、また連絡いただけますか」

と言って電話を切った。個人で会場を借りる方はそれほど多くないようだ。心臓が高鳴っているのが分かった。

目を閉じ、スポットライトが照らされ、舞台で約束のピアノを弾いている自分を思い浮かべる。喜んでくれている千恵と娘がいる。私は、その光景を何回も何回も思い浮かべた。

自宅からSホールまでは一時間以上かかる。体調が悪ければ、来られない可能性もある。他にも、インターネットでピアノの演奏ができるコンサートホールを探し、いくつかその場所の担当者と電話で話した。改装された近くの文化センターにも小さなコンサートホールがあることが分かった。ここなら、体調が悪くても自宅から車イスで来ることができる。

近くの文化センターのコンサートホールを見せてもらった。担当の方が、

「新しくできたこのコンサートホールは、観客席から舞台を見た時、背景にレインボー

ブリッジが見えます」

「舞台の背景は、電動式のカーテンになっており、ボタン一つで開閉ができます」と説明してくれた。私は、その光景を見てすっかり気に入ってしまった。下手な演奏も景色がカバーしてくれそうだ。最大の盛り上りの場面でカーテンを開けると絶好のビュースポットとなる。夕暮れ時に演奏すれば、夕陽がレインボーブリッジを照らし、観賞できそうだ。内見が終わった直後、受付の人に借り切る旨を伝えた。

演奏したいと思った日は二つあった。結婚記念日にするか千恵の誕生日にするか、両日共に予約は入っていなかった。二日とも仮予約を入れた。いずれにしても残された時間はそれほど長くはない。

私は、日程を決めるに当たり、担当医師のところに行き、余命はどのくらいですか？　と尋ねたい衝動に何度もかられた。病院近くまで行って引き返してきたこともある。亡くなってから演奏しても意味はない。いつまで生きていられるかをどうしても知りたかった。それまでに、約束を果たさなければならない。聞けなかった。聞くことが怖かった。担当医師に尋ねたら、回答してもらえないかもしれない。回答してもらったところ、〝あなたの奥さんはもってあと数カ月です〟とちゃんと言ってくれたかもしれない。私は余命を知ったら、何をしたら良いのか分からなくなり、全てのことが手に付かなくなるのではないかと恐れていた。一方で、約束を果たす演奏の前に亡くなり、誰もいない演奏会を一人寂しく行っている夢を何度も見た。枕は濡れていた。結局、怖くて聞くことはできなかった。

翌年の結婚記念日に演奏することに決めた。日程と場所は確保した。肝心な約束の曲の演奏に集中できる。そのために、まずはコンサート用のプログラムを作ろう。

・プログラムの題名は？

・一人の演奏者でも劇団名を語ろう。劇団名は何にしよう？

・曲目とその順番は？

あれこれ考え、当日の自分を想像する。今後の苦難や試練にも耐えられる。そう自分に言い聞かせた。

約束を果たす曲の練習が本格的に始まった。今まではただ演奏したい、約束を果たしたいだけの願いから、少しずつ前に進んでいる。

残業せざるを得ないことがたまにあり、その後に上司や同僚との飲み会に付き合わされた。お酒の席では、日々の辛いことやピアノのことを一瞬でも忘れさせてくれた。でも深酒はしなかった。家に帰ってやることがあった。他の人たちとは違うんだと自分を鼓舞し、何度となく帰路に就いた。

　ある日の夜、家族三人でＴＶを見ていた。その番組は、バラエティでピアノの日本一を決めるものであった。プロのピアニストや音大生も出演していた。楽譜が少し読めるようになり、どの曲が難しいか分かってきた。画面に楽譜とどこを弾いているかが表示されるのだが、曲を聴いているうちに、目が楽譜を追っていた。数年前まではありえなかった。千恵はその番組を見ながら、

「結婚する前に大きな病気をしていなかったら、ピアノ弾いてみたかったな」

「右手は普通に動かせるんだけど、左手が思うように動かないんだよね」と言った。

　私は黙って聞いていた。

　十一月末のある日、ピアノのレッスンがあり、先生から、

「このペースだと、演奏会までにこの曲を弾くのは難しいですね」

「ただ、闇雲にピアノを弾いていても上手くならないし、弾けるようにはなりません」

「ご自宅ではどのような練習をされていますか？」と言われ、私は、

「曲の始めから、弾けるところまでを、両手で繰り返し練習しています」

と返答した。先生は、

「毎日、目標を持って、今日は、この部分を克服しよう。この小節を両手で弾けるよう何十回、何百回も練習しようという気持ちを持って練習に取り組んでください」

と指導があった。

その日の夜、高校の部活の同窓会があった。毎年十一月末になると開催されるが、高校を卒業し、初めて参加した。あれから三十年以上が経過している。懐かしい顔ぶれだ。名前と顔が一致しない。私は、少し遅れての参加となったが、参加した人は全員、私のことは分かったようだ。友人に、

「家内が乳がんを患ってしまって……」

と今まで参加できなかった言い訳をした。他の人より、二年遅れて社会人になったことも負い目としてあった。友人は、

「実は、俺の家内も乳がんにかかったんだよ」

「俺は、かみさんの傍にずっと付き添ってあげた」

「お前も、奥さんの傍にいてやれよ」

「家族の前では、どんなに楽しく振る舞っていても、ベッドでは泣いているかもしれないんだぞ！」

「お前の奥さんもきっと同じ気持ちだと思う」

「だから、一人にしないで、できればずっと傍にいてやれよ！」

と言われた。他の同級生の奥さんも同じ病気を患っていた。私は俯いたまま何も返す

言葉が見つからなかった。分かっていた。がんで家族を亡くした人や姉からも同じことを言われた。

約束を守ることがそれほど、大切なものなのか？

約束を守らないと、何か罰が下るのか？

私の独り善がりではないのか？

約束を守るということだけのために、どれほど寂しい思いをさせてきたのか？

この先も寂しい思いをさせていいものなのか？

私は、友人からのこの言葉を聞いて、千恵の傍でずっと一緒にいることとの大切さを痛感し、ピアノを続ける意義があるのか疑問を持ち始めていた。

「元気だせよ、きっと治るよ、俺の家内だって今は元気なものさ」と言って励ましてくれた。

同期の部員は三十人程度いたが、そのうち二人は亡くなっていた。死因はいずれもがんだった。やはりがんは根治が難しいものなのか？

我々の歳になると、揃って出る話のほとんどは健康か家族だ。健康を維持するために、運動を始めたとか、タバコをやめたなどだ。

親しかった友人から、ある質問をされた。

「老後になったら、三つの大切な物って知ってる？」私は、

「う～ん、お金と健康と何かな？」と返答した。友人は、

「二つは当たってる、もう一つは友人」と答えてくれた。

この先、もしかしたら、私一人になってしまうかもしれない。

高校の友人は一生の友と聞いたことがある。私は、これからもずっと、この仲間を大切にしていきたいと思った。それ以来、毎年の同窓会には必ず、参加するようにしている。

昔話に花が咲き、話題は尽きなかったが、閉会の時間となった。自宅に戻り、紙面のピアノで練習するつもりでいたが、その意欲は無くなっていた。

会社で仕事をしていても手に付かなかった。ピアノの練習はやめ、千恵とできるだけ長い時間を一緒に過ごすようにした。ピアノをやめようと思っていたが、まだ悩んでいた。ピアノのレッスンも初めて休んだ。ピアノの先生には、

「風邪をこじらせてしまったので、お休みさせてください」と言った。先生は、

「分かりました。次週は体調を良くして来てくださいね」

と言ってくれた。先生にピアノをやめさせてくださいとは言えなかった。

千恵の病状が悪くなり、杖を使わないと歩くことができなくなった。辛そうな日々

が続き、笑顔が消えていった。

ピアノのレッスンの日がきた。

私は、先生に、

「妻との残りの時間を大切したいため、ピアノをやめたいと思っています。ただ、正直、まだピアノを弾いて約束を守りたいという未練が残っています」

と打ち明けた。先生は、

「よくここまで頑張ってこられましたね。そういう理由であればピアノをやめることに反対はしません。私の父は、ある日突然、亡くなってしまい、何もしてあげることができませんでした。そのことを亡くなって何年も経った今でも後悔しています」と言った。

その日のピアノのレッスンは行わず、先生には、

「やめることは保留にしてください」

と言って、ピアノ教室を後にした。

私は、先生の言葉をずっと考えていた。今まで、自分の願望のために、約束を守ることが大切だと思い込んでいた。約束を守らなくても、何も変わらないだろう。千恵と一緒にいることが重要なことは分かっている。果たして、千恵が亡くなった時、千

恵と私に何が残るのだろう？　私はこの先、千恵と一緒にいたことだけに満足し、後悔しないで生きていけるだろうか？　自信がなかった。心の片隅に後悔するかもしれないという思いがあった。

ピアノのレッスンの日がきた。

私は先生に、

「ご心配をおかけいたしました。休みが続いてしまいましたが、また一から頑張ります。よろしくお願いします」と言った。先生は、

「残りの時間を大切にしていきましょう」

とだけ、微笑みながら言ってくれた。私が弾いたピアノを千恵がどのように受け止めてくれるか分からない。でも、心に刻んでもらえるよう一生懸命練習しよう！　今できることはこれしかない。

私は、ピアノを弾く約束の呪縛から早く逃れたいと思う反面、この約束を果たす時が永遠に来ませんように！　と願った。

＊

がんの手術を行った時、問診票が渡された。そこには、〝余命は宣告してほしいか？〟

という項目があり、千恵は、宣告してほしいにチェックしていた。担当の医師から余命の宣告はまだなかったが、検査結果の数値や体調から長く生きられないことは分かっていた。家族で思い出に残る場所に旅行に行きたいと常々話をしていた。

私は、千恵が喜ぶところならどこにでも連れていってあげようと思っていた。

十二月に、家族三人でオーストラリアに行くことにした。国内旅行に行こうと誘っても首を横に振るだけだが、海外旅行に行こうと誘うと、直ぐに喜んで計画を立ててくれる。

千恵は、団体行動が好きではないので、安価な飛行機やホテルだけでなく、遊ぶ場所や観光名所をインターネットで検索していた。深夜までパソコンで調べ、行きたい場所をいくつか挙げていた。残業で遅くなって帰宅すると、千恵が

「夜ご飯食べたら、旅行の話がしたいので、時間くれる？」

「ＯＫ」

と私は返事をした。今、千恵がいちばん楽しい時は、旅行の計画をしていることだ。喜んでいる千恵との時間を少しでも一緒に過ごしたい。

その間、ピアノの練習ができなくなる。何日もピアノを弾かないでいると取り戻すためにその何倍もの時間がかかると聞いていた。もうこれ以上、ピアノの練習を停止

することはできない。どうしよう？

家族全員で旅行に行かなければ意味はないし、千恵や娘のためにも旅行には行きたい。私が旅行に行かないといったら旅行自体がキャンセルになってしまうだろう。

旅行に出かける日、千恵の体調は良くなかった。骨髄に転移したがんの痛みで、痛み止めの薬を飲んでいた。歩行するのが困難で、空港内では飛行機に乗るまで、車イスを借りて移動していた。車イスを使っている搭乗者の人は優遇され、長い列などに並ばなくても空港関係者の方が搭乗口まで別ルートで優先的に案内し、搭乗させてくれた。千恵は、

「ラッキー、これも私の病気のおかげ」

と言って喜んでいた。千恵らしい。

飛行機が着陸し、外気を感じると汗が滲み出た。オーストラリアは、入国審査が厳しいと事前に確認していた。

人参ジュースをスーツケースの中に忍ばせてある。没収されたらどうしよう？ まるで命を守るお守りだ。入国審査の際はドキドキしていた。見つかった場合は、何て英語で言い訳しようかと話をしたこともあった。家族三人の旅行は、もしかしたらこれが最後かもと思い、楽しむことに専念しようと思ってみたものの、〝約束を果たす〟

ためのピアノのことが気になって仕方がない。ピアノの練習をしていないと不安になってしまう。

　私は、楽譜を縮小して両面コピーし、紙面のピアノを持って旅行に出かけることにした。家にあるピアノの長さは百二十センチメートル程度だ。紙面のピアノを縮小コピーすることはできないため、使用する鍵盤の分だけをコピーし、折りたたんで旅行に持って行くことにした。実物のピアノが弾けなくても、指の練習はできる。音程やリズムもネットで何回も聴いているので、大丈夫だ。楽譜や鍵盤のコピーはどこでも使用できるようにポケットに隠し持っていた。決して悟られてはいけない。どんな短い時間でも指の動きはできる。トイレやお風呂の中など、一人きりになれる時間は作れる。

　あるショッピングセンターに行った時、

「どうせ買い物したいんでしょ？　女性の買い物は長いから、適当なところで時間潰していているから、待ち合わせ場所と時間だけ決めよう」

と私から言い出した。千恵と娘二人で買い物させている間に、見つからない場所を選んで指の動きの練習をした。また、宿泊したホテルでは、お風呂場で練習した。ジョギングが日課だったため、一人だけ少し早起きして、千恵と娘に、

「ジョギングに行ってくるよ、一時間程度で戻るから」

と言って、ホテルのロビーで練習した。翌日、朝早起きしてジョギングに行こうとすると、

「私も少し、外に出てみたいから、ロビーまで一緒に行きましょう」と千恵が言った。

断る理由が見つからず、ロビーまでついてきた。ホテルから五分ほど離れた海沿いのベンチに楽譜と紙面のピアノを置き、指の練習をした。横目で海岸を見ながら、絶対約束、果たすからと声に出していた。

千恵や娘は、私が一人きりになれる時間を欲していたことを不自然に思ったかもしれない。私はどのように思われても気にしないことにした。

オペラハウスやハーバーブリッジを見ながら昼食を取ろうということになった。辺りを見回すと、モデルやセレブの人ばかりのように見えた。私は、

「あそこにいる女性ってモデルっぽくない？」

と聞いた。千恵は、独身の時にこの場所に来たことがあるらしく、

「そうだね～、ここにいる大半の人はセレブな人だと思うよ」

「女性は皆綺麗だし、スタイルもとってもいい」

場違いな場所に来てしまったと一瞬怯んだが、思い出作りにはちょうどいい。昼食を取りながら、ハーバーブリッジを歩いて渡っている人を見て、

「あそこの橋って登れるんだよね？」と尋ねてみた。

「そうだよ、命綱を使って登るんだよ。私は登らない。私は見ているから、彩ちゃんと一緒に登ってくれれば……」

高いところが大好きな千恵が断るくらいなので、体調は良くないのだろう。疲れているようにも見えた。橋を登るのはやめた。もっと早い時期にこの場所に来ていたら、きっと三人で登り、楽しかったのだろうと少し悔やんだ。

ハーバーブリッジの下を船が何隻も行きかう。暖かい風が心地いい。

私はその光景を見て、今回の旅行が家族三人で行く最後の旅行になるだろうと予感していた。

今まで家族で行った旅行の楽しかった思い出が、次から次へと駆け巡る。悔いが残らないよう残りの時間を大切に過ごそう！　そう心に決めた。

ゴールドコーストに戻り、千恵が乗りたがっていたドリームワールドの絶叫マシンを体験した。千恵の様子を見ていると、千恵は本当にがんの末期患者なのか？　と思えるくらい喜び、楽しんでいる。ろうそくの炎は消える瞬間に大きく燃え上がると聞く。今、まさにそのような状況なのか？と疑いたくなる。

帰国する前夜、娘がお風呂に入っている間、千恵が、

「家族三人で行く旅行は、これで最後かもね？」

と言い出した。私は、何も言わず、ビールを飲みながら、ホテルの窓辺から外を眺めていた。千恵も私と同じ気持ちだったようだ。もう、元気だったあの頃には戻れないのだと一抹の寂しさを感じた。

＊

翌月、千恵が娘と二人で近場の観光地に出かけることになり、私も知人らと九州に旅行に行くことにした。この期間にどうしても旅行に行きたいと知人らを無理やり誘い、ＯＫしてもらった。私が旅行に行くことを千恵には言わなかった。

まだ、約束の曲は全く弾くことができていないが、千恵がいない解放された時間を、少しの時間でも日常から離れた場所で、気の合った知人たちと楽しみたかった。旅行先にも、楽譜と紙面のピアノは持っていった。どこに行くにも欠かさなかった。ひとときの快楽で、大切な約束が守れなかったと言い訳したくない。

一緒に行った知人らに初めて、

「実は、今度の結婚記念日に約束の曲をピアノで演奏する」と話をした。知人らは、

「何かできることある？」

「できることは何でもするから言って」と言ってくれた。

ホテルの自室で一人になった時に、楽譜と紙面のピアノを眺める。曲のイメージを思い出しながらリズムをとって指を動かしてみる。どんなに疲れていても、どんなに酒に酔っていても、約束を果たすまでは心から解放されることはないと自覚した。

つかの間のひとときではあったが、共通する趣味やピアノの話などで盛り上がった。空港での別れ際に、知人らは、

「応援してる、頑張ってな」

と言ってくれた。帰り際、楽しかった思い出を全て消し、ピアノを練習することだけを考えた。

東京に戻ってきた翌日、昼食の時間帯になってもお腹が減っていない。倦怠感があり、熱っぽい。会社の診療所に行き、体温を測ると、三十九度近かった。今日は、自宅近くの文化センターでピアノの練習の日だ。実物のピアノを弾くのは四日ぶりだ。キャンセルすれば、キャンセル料も取られる。何よりも、鍵盤を弾く指の感覚を早く取り戻さなければならない。家で寝ている暇はない。

音楽練習室とピアノの鍵を受け取る際、文化センターの受付の人から、

「顔色が良くないようだけど、大丈夫ですか?」と声をかけられた。私は、

「ありがとうございます。はい、大丈夫です」

と返答し、二つの鍵をもらった。やっとのことで練習室に辿り着けた。ピアノの鍵盤を見る。思うように指が動かない。片手ずつゆっくりと弾き始める。少しだけでも弾くことはできそうだ。ピアノを弾くことができない言い訳を考えている暇はないと、自分を奮い立たせた。千恵は、迫りくる死と必死に闘っている。それに比べれば、熱があることなど些細なことだ。投薬により、翌日復調し、いつものようにピアノの練習ができるようになった。千恵に黙って行った旅行により、神様がほんの少しだけ意地悪をしたのかもしれないとふと思った。

＊

翌月の休日、家族三人で横浜の中華街でランチを取ることにした。自宅から目的の場所まで、高速道路を使用して一時間程度である。千恵は助手席に、娘は後ろの席に座った。近場ではあるが、三人揃って出かけることができた。一年後に大学受験を控え、娘の学業成績は伸び悩んでいた。

「彩ちゃん、大学に行って何がしたいのか決めた?」

「希望校をそろそろ絞らないとね」

「まだ、どこに行きたいか絞れないよ、どこに入れるかも分からないし……」

「地方の学校も視野に入れた方がいいかもね」

と千恵と娘が話をしている。娘は、

「地方の学校だと、下宿になっちゃうから、あまり行きたくないんだけど……」

車は横浜のベイブリッジをちょうど渡ろうとしている時だった。千恵は、

「彩ちゃんが、下宿したら、家族三人ばらばらになっちゃうね」

と何気なく言った。私はその意味が分かっていた。娘は分かっていたのだろうか？

千恵は、娘が大学生になるまで生きられないと知って言ったのだろう。私は、これから家族三人が別々に送らなければならない人生なんて考えられない。一人残された私に楽しい生活を送ることができるとは思えなかった。生き続けることに何の価値があるというのだろうか？　道路は三車線あり、中央の車線を走行していた。車を左側の車線に変更し、ベイブリッジの一番高い地点に近づいた辺りでハンドルを少し左にきり、私は、

「ここから落ちたら、助からないね」

と言ったが、千恵も娘も黙ったままだった。私は、一家心中する人の気持ちが少しだけ分かったような気がした。千恵と私はこれから先、何十年も生きられないが、娘に

は、これからがある。決して、娘を犠牲にしてはならない。どんな悲しいことや辛いことも、現実を見つめていかなければならない。四カ月後に予定している約束を果たすピアノのことはすっかり忘れてしまっていた。

目的地に着いた。楽しいランチのはずが、ふとした会話で無言の時間を過ごすことになってしまった。私は帰りの車の中で、私は何のために生きているのだろう？　千恵がいなくなった後、どうやって老後の人生を送っていくのだろう？　一人で生きていけるのか？　など様々な疑問が浮かんでは考えに耽っていた。定年退職した後、千恵と今までできなかった趣味や旅行に行くことをずっと楽しみにしていた。ただ、中華街に行く車の中で、何て愚かなことを言ってしまったのだろうと悔やんでいた。

大学受験まであと一年足らずではあったが、娘が高校三年になる春休みを利用し、

「ねえ、彩ちゃんと旅行に行ってきていい？」

と聞いてきた。私は少し間をおいて、

「いいよ、でも無理はしないでね。楽しんできてね」

と返答した。千恵と娘は五日間の旅行に出かけた。

千恵は旅行の計画をすることで、がんという病魔から逃避し、生きがいを感じていたのだと疑わない。私は、千恵が何回も旅行に行く計画をするために、深夜遅くまで

パソコンと向き合い、指紋がなくなるまで、マウスを操作し、計画書を作ってきたことを知っている。

先々の旅行の予定が入っていることで、生きなくちゃ！　と思っていたに違いない。そんなことを知っていたからこそ、千恵が幾度となく旅行に行くことに敢えて反対せず、むしろ行くことを勧めていた。千恵の生きがいだったのである。

私は、上司に千恵の具合が悪いからと言って、休暇の申請をした。三日間、お休みしますと。

会社での業務は三月末から四月上旬にかけて、一年のうちで一番多忙な時だ。その時期に三日間休むことは今まで一度もなかった。三日間ピアノを練習したところで、直ぐに上達するわけではないと分かっていた。それでも、今、一生懸命練習しておけば、結果は必ず、当日に出てくると信じていた。今できることは全てやろう。全てをやって失敗した時は、何もしないで失敗した時より諦めがつくと思っていた。万一、休暇の申請が却下された場合は、会社に退職願いを出してまでも休暇を取得し、ピアノの練習をするつもりだった。

千恵と娘が、旅行に行く当日の朝、千恵は、

「パパ、じゃ〜、行ってきます。しっかり仕事しに行ってね」

「はい、はい、分かりましたよ、気を付けて行ってきてね」

と軽く返答し、気持ちを入れ替える。

焦りはもっとも効果的なモチベーション向上の一つだと聞いたことがある。今、まさにその状態だ。少し間をおいて、ピアノに向き合う。

二カ月後に迫っている、人生最大の約束だ。知人に、

「会社の仕事と約束を果たすことのどちらを取りますか？」

と尋ねられたら、悩むことなく、

「約束を果たすことです」

と即答していただろう。会社を辞めさせられても、約束を果たすことが大切だった。

約束を果たす日が近づいている。まだ人に聴いてもらえるレベルに至っていない。

ピアノの先生からは、

「闇雲に両手で何時間も練習しても上達はしません。片手ずつ、何回も弾いて打鍵の感覚を指に覚えこませ、両手は合わせる程度でいいです」

と教えてくれた。大切な目標に向かって少しずつ前に進んで行くあのひとときは、何物にも代えられない充実感があった。

✼

ある日、千恵が病院に行っている間、部屋の片付けをしていたところ、ガラスの小瓶を見つけた。その中には、小さな紙が折りたたんでびっしりと入っていた。中身を見たところ、

・今日、午前中に「ＵＳＪ」に行きたいと話をし、午後には飛行機とホテルがとれた！　彩ちゃんと二人でハリーポッターをEnjoyしよう♡　とっても楽しみ
・昨年、九月にハワイで開催された嵐十五周年コンサートライブＤＶＤ「ＡＲＡＳＨＩ　ＢＬＡＳＴ　ｉｎ　ハワイ」の初回限定版をＧｅｔした
・新年会で一年ぶりに短大在学中のメンバー　仲良し八人で集まった！　とても楽しかった
・クリスマス（冬休みを利用して）に暖かい南半球　ゴールドコーストに旅行に行くことが決定！　楽しみ♡
・千葉の富津に海鮮浜焼きを食べに行った。さざえ、ホタテがとても美味しかった
・ゴールデンウイークのテニス　晴天でとても楽しかった。
・パパと二人でセブ島四日間の旅をした。海がとってもキレイ。シャングリラホテ

ルもとても良かった。マリンスポーツも楽しんだ。

などが書かれていた。

千恵は、小さな紙に今日の出来事や感動したこと、楽しかったことを書き、生きている軌跡を何かしらの形で残しておきたかったのだと思う。

私も小学六年生から十年間くらい日記をつけていたことがある。当時好きだった女の子が日記をつけていたため、交換日記をしたかったからだ。今日一日を振り返った時、今日、私は何をしたのだろう？　何に感動したのだろう？　その想いを記録として残しておくことが大切だと感じるようになった。思っていることを正直に記録できることに楽しさや喜びを覚えるようにもなった。

私は小瓶いっぱい入っている小さな紙を広げ、全部見ようとしたが字がかすんで見え、できなかった。楽しかった家族の思い出が、ぎっしり詰まっている。

千恵が、がんと分かった頃から愛飲してきた人参ジュースであるが、入退院を繰り返していく間に、いつしか飲むことをやめてしまった。自宅にいる時はいつでも飲むことはできたが、入院している時は、担当医や看護師さんたちの眼もあり、難しい。いつも、どこに行くにも持参していた。

千恵はいつも、

「美味しくない、美味しくない」

と文句を言いながら、何本も飲んでは、

「今日のノルマ達成！」

「じゃあ、ちょっとだけ、ビール飲んじゃおうかな」と言って、

「ビールはやっぱり、美味しい」

と美味しそうに飲んでいた。あの頃が懐かしい。遠方まで人参ジュースを買いに行く必要もなくなった。人参ジュースは効果があったと思っているし、そうだと信じたい。

何をすることもままならない千恵が、急に、

「香港に行きたいんだけど、都合つけられる？」

と聞いてきた。自分の身体の状態が良くないことは分かっているはずだ。

「大丈夫！」

と一言だけ返した。千恵は数年前に私と一緒に行った香港・マカオの旅で、香港の夜景、一緒に見たいよねと言った言葉を覚えていた。最後の旅行になると千恵も私も分かっていたが、体調も優れず、結局諦めざるを得なかった。もう千恵と旅行に行くこともできなくなってしまった。あれほど大好きだった海外旅行は見果てぬ夢となってしまった。もう千恵を生き長らえさせるものは何もなくなった。

そろそろ、コンサートのパンフレットを作成する時になった。

プログラムの題目は〝～Promise～〟とした。〝約束〟と日本語表記でも良かったのだが少しだけ格好つけたかった。字体も斜字体にした。ちょっとだけ見栄えが良くなっているような気がする。

演奏する劇団名は、何にしよう？　よくTVで放映している劇団名を真似てオリジナルの劇団名にしよう！　そうだ！　苗字の頭文字をとって、『N′家私楽団』と名付けよう。似ている交響楽団名は聞いたことがある。一人しか演奏者がいないので、この命名でもウケるだろう。一人で微笑んでいた。

曲目と順番はピアノの先生と相談して決めた。ピアノの先生も、

「インパクトがある曲がいいわね」

と言ってくれた。コンサートホールは、三時間借り切っている。一、二曲の演奏では寂しいし、早く終わってしまったら感動も薄れてしまうかもしれない。全部で六曲を演奏することにした。演奏するまでのストーリーも考えた。

唐突にピアノの演奏を始めたのでは、あまりにも機械的で温かみがない。ピアノを弾くきっかけとなった、『泣けるCM』の三分の映像をパソコンに取り込んで、大きな画面で見てもらおう。これがピアノを弾くきっかけとなった映像だよって。

この映像を見て君が、

「約束守ってくれなかったね」

って、言ったんだよって。

少しずつ、演奏会の構成ができてくる。気持ちが高ぶっている自分が分かる。

約束を果たす日の三週間ほど前に、コンサートホールの関係者の方と綿密な打ち合わせを行った。『泣けるCM』の映像はプロジェクターで大スクリーンに映してもらうことにした。

コメントを話すためのマイクやピアノの位置など、細かな決め事まで話をした。ビデオ撮影をすることを勧められたが、断った。撮影されるのは好きではないし、このような内容は録画せず、ずっと心の中にしまっておきたかった。

壇上でスポットライトを浴び、ピアノを弾いている自分を思い浮かべる。自分がスターになったような気分を少しだけ味わうことができた。

約束の日が迫ってきている。ゴールデンウイーク近辺の平日は有給休暇を使い、ピアノの練習ができるところを探し、終日借り切って練習した。ゴールデンウイークの休日はどうしよう?

会社は休みでも、家では練習はできない。休日は、ピアノが弾ける場所の予約がいっぱいで練習はできない。図書館に行ってくると言って、ファストフード店や喫茶店の片隅で楽譜を開き、紙面のピアノを広げ、指の動きを練習した。

平日、会社に行って仕事をしていても、少し落ち着かない。

約束を果たす直前のピアノレッスンの時に、

「先生も来ていただけませんか?」と誘ったが、

「その日は、用事があるので……」

と断られた。気を遣ってくれていたのだろう。

ゴールデンウイークが過ぎたある日の夜、骨髄に転移したがんの痛みにより、千恵が

「パパ、痛い。病院に連れていって。救急車なら応急処置してくれると思う」

急いで一一九番に電話した。初めての電話で少し緊張しながら、

「もしもし……」

「どうなさいましたか?」

「家内ががんの末期で、骨髄に転移したがんの痛みで病院に行きたいのですが、身体が自由に動かせないので、お呼びしました」

救急車がマンションのエントランスに到着し、住人が何事が起ったのかと集まって

きた。私は、警備室の人に事情を説明し、救急隊員を自宅まで案内した。千恵は、

「身体が痛くて動くことができない。そっと運んでください」

と言った。私は、千恵の手を握りながら、

「大丈夫だから。直ぐに病院に着くから」

と言って安心させた。身体を自由に動かすこともできなくなってしまった。千恵は、もうこれで最期を覚悟したようだ。救急車に運ばれる瞬間、娘に、

「彩ちゃん、顔見せて」

と言った。私も生まれて初めて救急車に乗り、病院に行った。少しでも早く病院に着いてほしい。病院到着後、直ぐに痛み止めと精神安定剤の薬を処方され、緊急入院した。約束を果たす日が近づいている。このような状態で、千恵は演奏会場まで来ることはできるのか？　やめるべきか？　と何回も自問自答を繰り返していた。もう自宅には戻ってくることができないかもしれないと思い、病室で、

「会社を休職しようと思うんだけど……」

と言ったら、千恵からの返答は、

「私のために休職するなら、やめて」

「パパが傍にいてくれても、私の病気は良くなるわけではないし、給料も下がるだろ

うから」

「私の医療費のためにも、しっかり稼いできて」

「……」

病室には、家族三人で撮ったお気に入りの写真がいつも見えるところに置いてあった。一人残された病室で誰と会話することもなく、辛い入院生活をしている間、その写真を眺めながら病気と闘っていたのであろう。

娘が地元の中学ではない都内の学校に通うようになったため、学校のママ友は少なかった。それでも、娘がとても仲よくしていた友人のお母さんとは気が合い、何でも話ができる間柄だった。

以前、千恵はその方に、

「娘の卒業式には出られないと思う」と言い、その方が理由を聞くと
「私は、がんの末期で、そう長く生きられないから……」

と答えたそうだ。その方が病院にお見舞いに来てくれた。私はそっと席を外した。

その方が病室から出てきた。私が休職して傍にいたいと言ったことを、千恵は、

「ほんとは心細くて、寂しくて、傍にいてほしい。でも私がいなくなって、復職したら、きっと職場では仕事が与えてもらえず、何もすることがなく仕事ができない人だ

と思われてしまうから。我慢する」

と、言ったそうだ。私はその方から、千恵が私のことをいろいろと自慢した話を聞いた。

千恵は、私の前では本心を言わないことは知っていた。

私は、千恵の病状を見て、退院はできないかもしれないと思っていた。

翌日から、有給休暇を使用し、千恵の傍にいることにした。ピアノの約束を果たすことなど、どうでもよくなってしまった。

「パパ、会社は？」と尋ねてきた。

「年度が変わって有給休暇が増えたから……」とはぐらかした。

「それは私も知ってる。同じ会社にいたんだから。そういうことを聞いているんじゃなくて、仕事は休んでも大丈夫なの？」と聞き直した。私は、

「上司に、しばらくお休みします。と言ってあるから心配ないよ」

と言い返した。ずっと傍にいたかった。今まで何もしてあげられなかった。今できることは、傍にいてあげることだけだった。千恵は何も言わなかった。

三日ほど経った日の夜、娘は塾で留守にしていた。自宅のリビングに置いてあるピアノを見て、今まで続けてきたピアノは、約束を果たすことはできなかったけれど、きっと今後の人生の糧になるはずだと自分に信じ込ませていた。

約束を果たすことができなくてごめんねと心の中で謝った。

翌日も朝から病院に行き、担当医から声をかけられた。

「奥様の病状が日増しに悪くなっており、回復の見込みはありません。何かできることがあれば、元気なうちにしてあげてください」と話をしてくれた。

次の日、私は担当医に、

「結婚記念日は、自宅で過ごしたいのです」

とお願いした。担当医から、

「今の状態だと、難しいですね。痛み止めの薬が切れると、激痛で身動きが取れなくなります」と言われた。

私は、担当医に約束のピアノの話をした。まだ、約束を果たすことに未練があった。

結婚記念日の朝が来た。落ち着かない。千恵は自宅のベッドで寝ていた。あの日、担当医に無理を言って、前日に退院させてもらった。担当医は、痛み止めの薬が切れた場合のことを考え、自宅でも注射できるように看護ケアセンターに手配してくれた。約束のピアノのためにいろいろな人が協力してくれている。担当医にお願いをした翌日から、病院には、顔を出す程度にし、千恵には出社すると嘘をつき、自宅でピアノの練習を行っていた。もう迷いはなかった。この日を迎えられたことに対して、感謝しなければいけない。全てはこの日のために頑張ってきた。千恵の体調は相変わらず良くない。本当に会場まで来ることができるのだろうか？　近場のコンサートホールで良かったと安堵した。

十九年前の今日、千恵と私は結婚式を挙げた。当日まで些細な喧嘩はしていたが、幸せそうな顔をしていた。これからどんな人生が待っているか期待もあったはずだ。子供を産み、平凡だけれど、幸せな家庭を築いていきたいと願っていたに違いない。今は、先のことなど全く考えられない状態になってしまった。今日この時を大事に精一杯生きるしかない。

今思えば、二年以上も前に見たあの『泣けるＣＭ』から始まった。私は、ピアノを習い始めて、いろいろと苦労したこともあったが、十分充実した日を過ごすことができた。やる気にさえなれば、何でもできると自信もついた。

今日は、結婚記念日である。結婚式に着たタキシードで晴れの舞台で演奏しよう、演奏の日程を決めた日からずっとそう思っていた。数日前の夜中に試着してみた。まだ着れる。シャツは、アイロンはかけていないが、それで良しとしよう。当日の朝、タキシードを隠し持って車の中にしまいこんだ。緊張して落ち着かない。

問題がある。何と言って千恵を会場に連れてこさせるかだ。ここにきて、君のため

に『セナのテーマ』を弾くとは口が裂けても言えない。しどろもどろしながら、

「見せたいものがあるから彩ちゃんと一緒に十八時三十分に文化センターに来て」

と一言だけ言った。千恵はほとんどベッドに横たわった状態であり、

「体調が悪いから、家を出ることはできない！」

と言い返されてしまった。困った。どうしても来てほしい。

「どうしても見せたいものがあるから、娘に車イスを押してもらいながらでもいいから必ず来てほしい」

とお願いして家を出た。来てくれることを信じるしかない。

午前中はピアノの演奏のことばかりが気になり、落ち着いて仕事に集中できなかった。会社を午後半休し、昼食を簡単に済ませ、文化センターのピアノがある練習室に向かう。演奏曲を繰り返し練習する。プログラムに合わせて、スピーチする内容や楽譜をチェックする。本番前のリハーサルとはこういうものなのかと少し感じ取れた。

今日が結婚記念日なのは、千恵もよく分かっているはずだ。

コンサート会場では、文化センターのスタッフとパソコン操作のため、会社の知人に協力してもらい、開始前の準備を入念に行っていた。九州に旅行した時の知人が、手伝いましょうと言ってくれたのだ。

開始時刻が近づいてくる。十九年前の結婚式に着たタキシードに着替える。緊張で手が汗ばむ。ピアノの演奏を開始する前の、緊張緩和の対策を事前にインターネットで見ておいた。私は、あれほど練習したのだから、絶対できると自信を持つことが良いと思っていた。ピアノの先生もそう言ってくれた。

仕事で他部署の知らない人たちにプレゼンすることがある。何回もリハーサルを行い、いくら自信を持って臨んでいても、緊張して顔から汗が噴き出る。どうしていつもこうなってしまうのだろう？　自分の気の弱さにうんざりすることがある。今もその時と同じような状態になっている。

開始時刻になっても千恵と娘は姿を現さなかった。どうしたのか気が気でなかったが、待つことしかできない。来てくれる保証はないが、きっと、来てくれると信じていた。会場のスタッフもしびれを切らしていた。二十一時まで会場を借りていた。もし、来ることができなかったとしても最後までは待とう、そう決めていた。

十八時五十分頃、娘が車イスを押して、会場に着いたのがモニターから見えた。私は、体調が悪いにもかかわらず、来てくれたことだけで満足だった。千恵の機嫌は良くないようだ。

私はマイクを持って、

「どの席でも好きなところに座ってくださぃ。観客は二人だけです」

演奏会場は三百人程度が収容できるところだ。二人は、あれこれ悩んで中央後方部に座った。会場の電気を少しずつ暗くし、舞台にスポットライトを照らす。

始めに、結婚記念日用に購入した赤いバラ十九本を渡した。花屋からコンサート会場まで近かったが、バラの花束を抱えて歩くのは少し勇気がいった。誰かが見ているようで恥ずかしかった。機嫌は少し良くなっているように見えた。その後に、曲名が書かれていないコンサート用のプログラムを渡した。

約束を果たすためのプログラムを開始した。

まず、ピアノを弾くきっかけとなった『泣けるCM』の動画を大型のスクリーンに映して見てもらった。

このCMを見て、君が
「約束守ってくれなかったね」って、言ったんだよって。

私の方が感極まって、目頭が熱くなってしまった。千恵が生きて、この場にいてくれることが、私にとって何よりの結婚記念日のプレゼントになった。

曲を弾く前に、曲目と簡単なスピーチを入れた。

初めて弾くグランドピアノ。今まで練習で弾いたピアノは、電子オルガンとアップライトピアノだった。千恵や娘が来る前に、少しの間、そのグランドピアノで練習をさせてもらった。イタリアで有名なブランドのピアノと聞いていた。確かに鍵盤を弾く感触が柔らかく、音質も良い。今までは、鍵盤を弾くというよりも、叩くと言った方が的を射ていただろう。何を弾いていても、そう大差はないと思っていたが、やはりこのグランドピアノは今まで練習してきたピアノとは全然違う。もしかしたら、ピアノの音色が私の下手な演奏をカバーしてくれるかもしれない。

観客席のライトが徐々に暗くなり、ピアノを弾く場所だけスポットライトで照らされる。そのような光景は何回かＴＶで見たことはあるが、自分がまさかその舞台に立つとは思わなかった。

最初の曲は練習用教材の一番目の曲、『さあ！　はじめます』である。ピアノ教室に通い、初めて弾いた曲。懐かしい。あの頃は無我夢中で練習していた。当時、千恵は元気で、まだ旅行に行くことができたが、今は車イスがないと身動きできない状態になってしまった。

三曲目を弾き終え、四曲目にドラマで使用されていた曲を弾くことにした。

舞台の後方のカーテンを開ける。背景にはレインボーブリッジが見える。私には、背景を見る余裕はなかった。いくら練習して弾けるようになっても、取り急ぎ弾けるようになっただけで、ピアノが上手になったわけではない。

額から汗が噴き出していた。手汗もかいていた。ハンカチで汗を拭い、気持ちを落ち着かせる。自分自身を、あれだけ練習したのだから、自信を持って！と鼓舞した。

約束の曲の演奏を開始した。ピアノの鍵盤を弾いている指が、緊張して震えているのが分かる。指が思ったように動かない。最初の方でミスをしてしまい、弾き直してしまった。弾き直しは良くないとあれほど注意されていたが、結局してしまった。弾き終わった後、二カ所間違えたことも言ってしまった。もしかしたら間違いに気づいていなかったかもしれないのに。

自分では緊張していて、どんな感じに聴こえたのか、全く分からなかった。満足できる演奏ではなかったが、後悔はしていない。これが今の自分の実力だ。

後日、あるピアノの先生が、

「ピアノを人に聴いてもらうなら、弾けるようになったくらいではだめです」

「その曲に馴染み、自然と指が動くくらいじゃないと……」

と教えてくれた。そのピアノの先生は、ＴＶのバラエティを見て笑っていても指が勝手に動くようになるまで練習すると言っていた。私にはその真似はできなかった。

五曲目は、『泣けるＣＭ』で流れた『カノン』にした。選曲した『カノン』は、初心者用の弾き易いものにした。この曲は、ピアノ教室でレッスンしなかった。この曲を弾くと、いつもあのCMに出演していた父が、娘の披露宴で奏でたたどたどしいピアノの演奏が脳裏に浮かんでくる。CMでは、妻が亡くなり、娘が父親の元から離れ、父親は一人となってしまう。ピアノの練習場で、この曲を弾いて何回も胸が熱くなった。恐らく近い将来、私も同じような状況になってしまうのだろう。

この曲を聴いて、

君が、「約束守ってくれなかったね」って言ったんだよって。

だから、敢えてこの曲を演奏することにした。私は、この先もずっと、この曲を忘れることはないだろう。

最後に、ドラマの主人公がTVで弾いていた曲を演奏することにした。半年以上この曲を弾くためだけに費やした。会社の仕事を休み、寝る時間を惜しみ、練習してきた。全てこの瞬間を迎えるためだ。何回、この曲をネットで聞いたことだろうか。

この曲を弾くことについて、ピアノの先生とはよく言い争いした。初心者が弾ける曲ではないのだ。先生から、

「この曲を弾くのは諦めた方がいいですよ、その分他の曲を練習した方がいいですよ」

私は、弾くことを諦めたくなかった。諦めたら、約束を果たすことにならなくなっ

てしまう。どうしても約束を果たしたかった。音楽が苦手でリズム感がない私にとって、ネットから聴こえた演奏を耳に覚え込ませ、真似《まね》て弾くのは無理なことだった。晴れの舞台で、千恵に聴いてほしいという願いから、弾くことが目的にすり替わってしまったのかもしれない。

私は、ピアノの譜面台に置かれた楽譜を見ながら、苦しかったことや辛かったことを思い浮かべていた。今となってはどんなこともいい思い出として残っている。

この曲を弾き終えたら全てが終わってしまう。そんな一抹の寂しさも感じた。全てはこの曲を弾くため、多くの時間をかけた。それだけの時間があれば、もっと他にやりたいことや千恵と一緒にいることができた。全ては〝約束を果たす〟ためだ。

演奏を開始した。弾いている指が震えているのが分かる。楽譜を見て弾く余裕は全くなかった。緊張のあまり、何箇所も間違ってしまった。主人公が弾いた曲とは分からなかったかもしれない。

最後まで演奏することにいっぱいいっぱいで二人の様子を見る余裕はなかった。喜んでくれただろうか……。

全ての曲を弾き終えた後に二人が座っている席に行き、

「これが今回弾いた曲名です」

曲名の入ったプログラムを手渡した。娘は幼少の頃からピアノを習っていたため、喜んで舞台に上がり、自分の知っている曲を弾いてみせた。私より上手だ。全てが終わった。どの曲も上手くは演奏できなかったが、聴いてもらえて良かった。生きている間に約束を果たせて良かった。生きて、演奏を聴いてくれてありがとうと呟いていた。

最期のとき

約束を果たした翌朝、三人で朝食を取っている時、ピアノの話は一切なかった。ただ、十九本の赤いバラがとても窮屈そうに花瓶に入っていた。

約束を果たした次の日から、私は抜け殻のようになってしまっていた。大きな目標を成し遂げた後、私は何をすべきなのか？　何をしたらいいのか？　途方に暮れていた。何もなかったような生活に戻った。

千恵の病状は悪くなる一方であったが、通院による痛み止めの投与と夜間などに発生した緊急処置は看護ケアセンターで対応してもらえるよう医師に申し入れた。できるだけ多くの時間を自宅で過ごしたかった。

千恵の母親がその年の夏に亡くなった。千恵は告別式の際に、

「今度は私の番だから、お母さん、もうちょっと待っててね」と言い、私は
「冗談でも、そんな縁起の悪いことを言うもんじゃないよ」

と注意したが、千恵は自分のがんの進行や死期が分かっていたようだ。

千恵は、母親との楽しい思い出はほとんどなく、父親がいろいろなところに連れていってくれたと常々話をしていた。ただ、いろいろな相談や悩み事は必ずと言っていいほど母親に話をしていたようだ。母親が亡くなった今、生きる糧がまた一つ無くなった。

九月にピアノ教室に通っている大人の生徒さんたちの発表会があるということで、先生から、

「何か弾いてみれば？」

と誘われた。発表会の場所は、約束の曲を演奏した同じところだ。発表会に弾く曲の練習は、近くの文化センターで音楽練習室を借りて行った。今度は、ちゃんと理由を説明して演奏会場に来てもらおう。隠すことは何もなくなった。

「今度の土曜日にピアノの発表会があって、『カノン』を弾くんだけど、聴きに来ない？」

と誘うと、千恵は
「体調が良かったら、行ってもいいけど、あてにしないでね」と言った。

ピアノの発表会の当日になった。自分がピアノを弾く順番になり、名前を呼ばれ、一礼してピアノを弾く椅子に座る。音符は間違えるし、頭が真っ白になり、楽譜が飛んでしまった。演奏が終わった後に、千恵と娘のところに行ったら、

「下手くそ」が第一声だった。

「パパは本当にプレッシャーに弱いんだから、発表会で演奏するならもっと上手くなってからにすれば」

病気で身体が弱っていても毒舌にかわりなかった。もう何年も一緒にいるため分かってはいたが、面と向かって言われ、何も言えなかった。

これも緊張からくるものなのか？　慣れれば、それなりに弾けるものなのか？

後日、ピアノの先生から、

「場慣れすれば、緊張も少しは減るので気にしないことです」

と慰めの言葉をかけてもらったが、自分の気の弱さがつくづく嫌になる。

ピアノ教室の発表会も終わり、ピアノを弾く熱意は完全に冷め切ってしまった。約束を成し遂げたので、別にピアノを続ける理由はなくなった。

夏が終わり、ようやく涼しくなりかけたころから千恵の容態も更に悪化していった。がんが腰や臀部、脚部にまで拡がり、座っていることも辛そうに見える。トイレに行

くのも歩行器や手すりに摑まらないと行かれないような状態となってしまった。そのため、家の中を多少改装した。千恵がお風呂に入れるように介護用の器具を取り付け、廊下には手すりを付けた。一日のうちの大半をベッドで過ごすようになった。

ある日の夜、千恵が、

「パパ、お願いがあるの、脚揉んでくれる？」

「いいよ」

隣の部屋で、娘が勉強している。小さな声で、

「もうちょっと元気だったら、また香港に行きたかったな〜、夜景がとっても綺麗なんだよ」

「他にもいろいろと行きたいところはあったけど、もう行けなくなっちゃった」

「また、元気になったら行けばいいじゃない」

「ありがとう、でももう無理だよ。自分の病気は自分がいちばんよく分かっているから」

私は、片手で患部をさすりながら、もう一方の手は千恵の手を握っていた。

千恵に介護をつけてもらうよう区役所に行ったり最寄りのホームヘルパーの方々と会った。

「妻が乳がんの末期患者で、骨にも転移し、今は歩くこともままならない状況です。

私が会社に行っている間、何かあったらと思うと仕事が手に付きません。どのような支援ができるのか教えていただけますか？」

と私から話を切り出した。ホームヘルパーの方から、

「医者と看護師が、定期的にご自宅に伺い、病状を拝見します。病院とは違いますので、応急的な処置しかできません」と言われた。

一カ月程度、そのサービスを利用したがやめた。

後日、同窓会で看護師になった人から、

「骨のがんは激痛を伴うので、自宅での介護は無理です」

と言われた。千恵は、あと何日、この家で生活できるのだろう？〝一生のお願い〟と言って購入したこの家もあとわずかな時間しか過ごすことができない。

十月中旬、千恵はまた入院した。

千恵はもう、自宅で生活することは無理となってしまったが、担当医と師長にお願いし、一日だけ外泊の許可を得た。どうにか我が家まで連れて帰ることができたが、ずっとベッドに横たわったままだ。トイレに行くこともできない。私は、今夜が家族で食事を囲む最後の日になると確信していた。がんを患い、食生活を野菜中心に変えた。肉類を六年ほど控えてきたが、自宅で過ごす最後の夜くらい今まで禁止していた

大好きな美味しいお肉を食べさせてあげたいと思っていた。

千恵の姉が自宅に来ていた。千恵が、

「今夜は、パパと美味しい物を食べるの、パパがスーパーで美味しいお肉を買って来てくれるの」と嬉しそうに義姉に言っていたと聞いた。

午後から、体調が更に悪くなり、夕食は一緒に食べることはできず、翌朝に病院に戻った。

あの時、千恵はもう自宅に帰ってくるのは無理だと思っていたに違いない。

私が千恵のために良かれと思ってとった言動は正しかったのか？　千恵はがんになってから、私の言うことはほとんど受け入れてくれるようになった。もっと千恵の自由にさせてあげた方が良かったのではないかと思うことがある。

十二月上旬、病室が高層階に変更になった。いつもの病室に行くともぬけの殻だった。嫌な予感がした。そのフロアは治療の施しようがない方々専用のフロアであった。移動後の病室は個人専用であり、家族や知人も宿泊できるとのことだ。今までの病室は面会時間が決まっていて、夜九時になると家族でも退室せざるを得なかった。最後の最後まで諦めたくなかったが、もう死は寸前のところまで迫ってきている。せめて、娘の大学受験が終わるまでは生きてほしい。担当医師から、

「話があるので近日中に来てください」

と言われた。恐らく余命の宣告だろう。その日が永遠に来てほしくなかった。できることなら、全ての事を放り出し、誰も知らないところに逃げたかった。仕事が手に付かず、何を聞いていても上の空だった。その一方で、〝現実を直視しなさい！〟と言いかけているもう一人の自分もいた。どんな辛いことでも、現実から目を逸らさず、全てを受け入れ、強く生きていかなくてはいけないと自分に言い聞かせた。

数日後の医師との面談で余命の宣告があった。

「持ってあと一カ月です」

いつ言われるのか、ずっとびくびくしていた。とうとうこの瞬間がやってきた。心臓の鼓動が速くなっているのが分かった。医師から説明を受けている時に、涙が頬を伝わっているのを感じた。娘の卒業式までは生きられない！

覚悟はできていたが、余命宣告されるとはこういうものなのか！　本人はそのことを知っているのだろうか？　以前入院した時に、千恵は、余命を告知してほしいと入院手続きの書面に記載した。医師には、千恵に余命を伝えたかどうか、結局確認しなかった。

夫や妻が余命宣告をされたら、人はどう思うのであろうか？

冷静になってこれからのことを考えられるのだろうか？

自宅に戻り、義姉に話があると言って会ってもらい、余命宣告があったことを伝えた。義姉は私の話をうすうす気が付いていたようだ。今思い出しても、何をどう話したのか覚えていない。

千恵が食べたいと思った物はできるだけ、買って病院に持っていった。担当の医師や看護師さんは、

「何でも好きな物を食べさせてあげてください」

と言ってくれた。ＴＶなどで、余命いくばくもない人に、〝思い出を作ってあげてください〟と言われている感じがした。

千恵は、お寿司が好きだった。よく自宅で手巻き寿司を作って食した。以前、体調が良い時を見つけ、月に一回程度お寿司屋さんにも連れていった。

「毎月一回くらいはお寿司を食べに行こうね」

と約束していたが、それももう叶わぬ夢となってしまった。

私は会社帰りに、よく通ったお寿司屋さんのところに行き、千恵の好きだった握りをテイクアウトし、病院に持っていった。千恵は
「とっても美味しい」

と言って喜んでくれた。病院の食事は千恵の舌には合わないようだ。気を良くした私は、千恵が好きだったトマト麺のお店に行き、店長に事情を説明し、お願いして麺とスープを別々にして病院に持っていった。自宅ではなかなか出せない味だ。病院にある患者用の備え付けのキッチンで作り、食べてもらったが、

「麺が伸びて、美味しくない」

それでもいいと思った。また、ある時は、

「もう、お肉解禁だね」

と言って、焼肉屋さんで作ってもらった焼肉弁当を病室に持っていった。身体が脂分を受け付けなくなっているらしく、一口だけ食べて

「もう要らない」

と言われてしまった。あれほど好きで食べたかった肉類も、もう食べられない。ずっと我慢していたのに。

会社の始業前に千恵の病室に顔を出した。私が病室に行くと、五人ほどの医師が千恵を診ている。私は、看護師さんに、

「あの人たちは誰ですか?」と聞くと、

「病院長と副院長と……」

と教えてくれた。会話はほとんどしていないようだ。私はその光景を見て、残りの時間がわずかしかないことを確信した。延命するための方法がないものか？　せめて、娘の高校の卒業式まで生きることができないものか？　聞きたい衝動にかられたが、やめた。私にもっと力やお金があれば、他の治療方法もあったのかもしれない。もっと長生きできたかもしれない。

千恵は、私が毎日病室に行くことを拒んでいた。ある日、

「すぐ死んだりしないから、毎日来なくていいよ」

と言った。強がりを言っているのが分かっていた。その日は、出張だった。遅めに病室に着くと、

「ごめん、ちょっと仕事でトラブルがあって……」と言い訳した。

「何で来たのよ！　無理しなくていいって言ってるでしょ！」

そう言うと思っていた。毎日、千恵の状態を見ずにはいられなかった。もし、千恵が明日の朝、目が覚めていなかったらと思うと、居ても立っても居られなかった。私は千恵から何を言われても、何もできなくても千恵の傍にいたかった。

十二月中旬、千恵から、

「昨年の年賀状と知人の住所が書いてある手帳を持ってきて」

と頼まれた。翌日、依頼されたものを渡すと、二種類のマークを付けていた。

「○を付けた人は、私がまだ年末近くまで生きていたら、年賀状を出してね。黒丸を付けた人は、喪中はがきを出す人だよ。来年になってしまうかもしれないけど、忘れずに出してね」

私は、

「分かった、そろそろ年賀状を作るよ。喪中はがきは当分先のことだと思うから、その時になったら、また言ってね」

と返答し、千恵の手をそっと握った。

クリスマスイブの朝が来た。巷は家族連れやカップルで楽しそうな雰囲気である。我が家は、病室でクリスマスパーティーを楽しむことで意見が一致していた。娘は受験勉強中であったが、ほんの少しの時間を空けてもらった。病室でささやかなパーティーを開いた。

千恵は、この日のために看護師さんにお願いして、化粧をしてもらっていた。自分の力では、化粧もできないくらい弱くなってしまった。写真が好きだった千恵は、

「写真撮って、これが最後の写真だから……」と私にお願いした。

「ほら、綺麗に撮れたよ」千恵は、微笑んで、

「パパにしては上出来、よく撮れてるね」

体調が悪く、アイスを一口食べただけで、それ以外は何も口にすることができなかった。

十五時三十分になった。千恵と娘に同階のロビーに来てもらうようお願いした。

その日も千恵の体調は悪く、機嫌は良くなかった。千恵は移動式ベッドで看護師さん付き添いのもと来てくれた。私は、

「今からピアノを弾きます。聴いてください」

とだけ言って、ピアノの演奏を開始した。千恵は、

「あれっ？　これってベートーベンの『悲愴』だよね。もしかして私の一番好きな曲」

以前、千恵と一緒に行った音楽会で、

「この曲、私一番好きなんだよね」

と聞いたのを覚えていた。最後のクリスマスイブに、千恵の一番好きな曲を聴かせてあげたいとの思いで、内緒で練習をしていた。事前に師長さんにお願いし、ピアノの借用と演奏の許可をもらっていた。

千恵は涙して喜んでくれた。

「ありがとう」

とひとこと言ってくれた。それだけで十分だった。

※

年が明けた。

そろそろ、大学入試センター試験が始まる。千恵は、娘が中学生になった時から、良い大学に入学させようとして、直ぐに学習塾に通わせた。模擬試験で、良い点数が取れた時は大喜びし、悪かったときは叱咤激励した。私は相変わらず、傍観していた。私は、中学受験の時もそうであったように、どの大学に入っても一緒だと思っている。私は、入学した学校で、学業以外の何かを学んでほしいと願っていた。

千恵は自分が病気になってからも、娘の成績には特に関心が高かった。良い成績を取り、良い大学に入るのが生きがいとなっていた。娘はそのことを十分に分かっていたため、千恵が入院している時もほとんど顔を出さず、勉強をしていた。娘を病院に連れていったとしても、千恵は

「お見舞いなんか来なくていいから、家に帰って勉強して！」と言ったに違いない。

海外旅行に行った時も、学校の試験や模擬試験が迫ってきている時は、勉強道具を持参し、飛行機の中でも勉強させた。

一月中旬、千恵は娘の大学のことについて、何も話をしようとはしなかった。全身

にがんが回り、話ができる状態ではなかった。私は千恵に、

「彩ちゃんのセンター試験がそろそろ始まるよ。応援してあげてね」

と耳元で囁いだ。千恵は、かすかだが首を縦に振った。

千恵はもうほとんど口もきけない状態であった。それでも千恵は、ある日の夜、私にこう言った。

「私が、がんと分かった時、パパが彩ちゃんと私を置いて、どこか遠くに行ってしまうのではないかと思った。離婚すると言い出すかもしれないと思った。ずっと怖かったんだよ」

二十年近く一緒にいたが、気丈な千恵が初めて弱音を吐いた。私は寝たきりの千恵の手を握り締め、

「そんなことするわけないだろ」と言い返した。千恵は、

「結婚指輪を外して」

とお願いをした。私が、

「どうして？」と聞いたところ、

「別に嫌いになったわけじゃないよ。指が細くなっちゃったから、指輪が抜けてどこか無くならないようにしっかり持っていてね」

「指輪は、火葬しても燃えないからね」

「私、もうすぐこの世からいなくなっちゃうんだね。死ぬのは怖くないよ。結婚する前に脳梗塞になって医師から死の宣告を受けたから。でも、彩ちゃんの将来を見られないのは、とっても辛いよ」

千恵の身体は、食事を取ることもできず、やせ細ってしまった。指輪が関節にひっかからないほど、指が細くなっていた。私は千恵の顔や身体を直視することが辛く、手を握りながら、

「元気になったら、家族でまた旅行に行こうね」

千恵の容態が日増しに悪化するのが手に取るように分かった。千恵は、痛み止めの薬が切れると、

「痛い、痛い、看護師さんを呼んできて」

と言っては、痛み止めの薬を注入するようになった。このような状態が毎日のように続いた。

ある日、千恵は担当医師に、

「もう、痛くて、痛くて耐えられません」

「早く、楽にしてください」

と懇願していた。担当医師はこのようになることを予め、分かっていたのであろう。

担当医師は、何も話をしなかったが、看護師さんに、

「痛み止めを」と言っただけだった。

ある日、千恵が、

「喉が渇いたので、お水飲ませて」

と私にお願いした。私が、吸い飲みで一口、水を飲ませたところ、千恵は嬉しそうだった。翌日、看護師さんから、

「吸い飲みで水をあげる時は、私たちに一声かけてください。水を飲む力が無くなっているため、呼吸困難になってしまうことがありますので」

と言われた。千恵は、もう水を飲む力も残っていないのか？

死期がすぐそこまで迫ってきているのを感じた。

それからというもの、家族で行った楽しかった思い出の旅行やテニス合宿のことを話しかけたが、返事はなかった。生ける屍のような状態だった。それでもよかった。目は開いているように見えるが、見えていないのかもしれない。声も聞こえているかどうか分からなかったが、浅い息を続ける千恵の右目から一筋の涙が流れた。

亡くなる数日前に、

「パパ、泣かないで」

が最後の言葉だった。

六年余りの闘病生活にピリオドをうち、一月末に息を引き取った。娘の塾の送迎のため死に目には間に合わなかった。

娘は、大学受験のため、千恵の病院にはほとんど行っていない。もしかしたら、気丈な千恵が病弱になっているところを見たくなかったのかもしれない。理由は聞かなかった。千恵はとても娘を大事にしていた。娘のためには何でもした。入院中、何も言わなかったが心細く、寂しかったと思う。ずっと傍にいてほしかったと思う。千恵はそういう人だ。

大学受験が前後どちらかに一年ずれていたら、病気の進行が一年遅れていたら、家族三人で、また旅行に行けただろう。娘もきっと千恵に寄り添ってくれたに違いない。

三月になり、娘の高校の卒業式に千恵の遺影と一緒に出席した。担任の先生から娘の名前が呼ばれた。

「彩ちゃんは無事、高校を卒業することができたよ」

と遺影に話かけた。中学の入学式には三人揃い、笑顔で迎えることができたが、高校の卒業式に千恵は出られなかった。六年前の入学式、千恵はこれから娘が育っていく姿を想像していたはずだ。そして、自分がこの卒業式に出られないことも思っていたに違いない。

＊

桜が咲く四月を迎えた。

娘は、大学一年生になった。良い大学に行かせたいとの一心で、小さい頃から娘を塾に通わせた。いろいろあった六年間だった。長い入院生活の間も、母と会わず、母の想いに必死に応えようとひたすら一生懸命勉強してきた娘。やっとこの時を迎えられた。千恵も喜んでいることだろう。

四月中旬のある日、一通の手紙が届いた。千恵からのものだ。

手紙には、こう書かれていた。

「パパ、彩ちゃん、元気にしていますか？

この手紙をパパや彩ちゃんが見るころ、私はもうこの世にはいません。

六年間の闘病生活の中で、辛いことも楽しいこともいっぱいありました。私はパパと彩ちゃんに支えられながら、生きることができました。どうもありがとう。

彩ちゃん、高校卒業おめでとう。希望する大学に入れましたか？

私は、卒業式や入学式に出席することはできなかったけれど、彩ちゃんの元気な姿を思い浮かべています。

あと、二年で成人式ですね。晴れの姿を見てみたかったよ。

大学を卒業し、社会人になったら、きっと素敵な男性を見つけ、結婚するんでしょうね。

くれぐれも、健康に気をつけて、明るく楽しい家庭を築いていってください。

パパ、二十年間、一緒にいてくれてありがとう。

喧嘩もたくさんしたけど、私にとって楽しい人生を送ることができました。

これから、もし素敵な人が見つかったら、結婚して私の分まで幸せにしてあげてください。

健康に気をつけて、私の分まで長生きしてくださいね。

彩ちゃんのこと、よろしく頼みます。

二人のことは、天国から見守っています。

千恵」

入院中に書いたものだろう。直筆で書かれていた。私は、娘にこの文章を読んで聞かせた時、涙で声が詰まり、最後まで読むことができなかった。感情を表に現わさない娘も涙していた。

私は、千恵ががんを患っても、頻繁に旅行をすることが延命に繋がったと思ってい

る。手術後の再発で
「五年生存率は十パーセントです」

と医師から言われたが、ここまで生き延びることができたのは、国内や海外旅行に行きたい。家族で楽しい時間を過ごしたいという強い気持ちを千恵が持ち続けてきたからだと信じて疑わない。

ある日、親しい友人にこの話をした時に、

「奥さん、よくここまで頑張ってこれたね。おまえの選択は間違っていなかったと思うよ」

と言ってくれた。

私は、千恵が言った〝約束守ってくれなかったね〟という言葉に対し、約束を果たすという自己満足のために、千恵と一緒にいる時間を犠牲にしたのではないのか？私の言動は本当に間違っていなかったのだろうか？　ずっと回答が見い出せないまま時が流れた。

その後、数カ月が経っただろうか？　遺品の整理をしていた。

千恵が大切にしていた箱の中を見た。亡き義母からいただいたアクセサリーやお気に入りの写真が数枚入っていた。全部取り出してみると、千恵との約束を果たしたピアノのコンサートのプログラムが一番下にあった。大切に持っていてくれた。

千恵が使っていたレポート用紙が見つかった。そこには、数枚にわたり香港の旅行スケジュールがびっしりと書かれていた。千恵は、〝また、香港に一緒に行こうね〟という想いをずっと胸に秘めながら、あの辛い痛みに耐えていた。思い出を綴った小さな紙が入ったガラスの小瓶は、私の大切な物として机上に置いてあるが、蓋を開けることはないだろう。

千恵がよく使っていたパソコンを開けてみた。

パソコンには、娘の学校関係の各種提出書類や家族で旅行に行った思い出の写真や記念日に撮った写真が日付フォルダごとに整理され、保存されていた。思い出に耽ると同時に楽しかったあの頃のことが蘇り、目頭が熱くなった。喧嘩をしたことも今となっては良い思い出だ。フォルダやファイルを整理していると『パパピアノ』というフォルダとファイルが目に留まった。私がピアノを演奏した時に千恵がスマホで撮影したもののようだ。

私は、千恵が撮影していることは知らなかった。ファイルの中身を少しだけ見た。途中からだったが、最後まで撮影されているようだ。その時は辛くて、全部見ることができなかった。後日、ファイルの内容を全て見た。

撮影されていた内容は、

「何ができるかなって、自分で考えていて、今日のこの場を思いつきました」

私が話をした声が聞こえる。

「何もできないんだけど、結婚する前に言った約束を果たせればなと」

千恵の声がパソコンから聞こえる。

「『セナのテーマ』、『セナのテーマ』、きっと」

「『セナのテーマ』だよ」

「彩ちゃん　ピアノ指導したの？」

「いつ習ってたの？」

「楽譜も読めるんだ、すごいな」

一度間違えて弾き直しをしてしまい、

「ごめんなさい」

「大丈夫、気にしない」

「失礼しました」

「気にしない、気にしない」

「すみません」

と謝る言葉があり、演奏を再開する。

約束の『セナのテーマ』を弾き終えた後、

「すみません、これも二回くらい間違えました。申し訳ありません」

と私が言うと、千恵と娘が拍手をしてくれている音が聞こえる。

「すごい、すごい」

「すごい」

「すごい」

驚きと喜んでいる千恵の声がかすかに聞こえてくる。約束を果たせる日が迎えられ、千恵にピアノの演奏を聴かせることができて良かった。

この約束を果たすために、私は病弱な千恵を家に一人にし、嘘をつき、ピアノの練習をした。不安で心細かったと思う。約束など実行せず、千恵に寄り添ってあげた方が良かったのではと、幾度となく思った。私は、自分がしてきた言動が本当に良かったのか、正直分からなかった。千恵は、私の前では、決して喜んだような素振りを見せなかった。でもこの映像を見て、約束を果たすための選択は間違っていなかったと信じている。

私は、千恵ががんと分かったあの日から、亡くなる前日まで、毎日長生きできるようにとお祈りをしていた。もし、神様が千恵と私のどちらか一人を生かすことができるなら、私は喜んで身を投じたことだろう。

私は、健康維持のため、毎日ジョギングを続けている。東京で開催するマラソンに出ることになれば、亡き千恵が、「パパ、頑張れ！」と声をかけてくれるに違いないから。

後日、ピアノ教室を経営している女性から

「大人の発表会で奥様とお会いした時に、奥様から〝主人に素敵な趣味を作ってくださってありがとうございました〟と優しい笑顔で言われました。その笑顔が忘れられません」

との言葉をいただいた。大人の発表会でその方とレッスンの先生と私たち家族で偶然会ったことは覚えていたが、千恵が話した内容までは覚えていなかった。千恵は私には言わなかったが、ピアノを続けることを心の中で願っていたのだ。

喜びも悲しみも、胸の中にある思いをたたみこんで、今もピアノのレッスンに通い続けている。ピアノの練習が千恵を亡くした寂しさを紛らわしてくれる。他の大人の練習生の方とも知り合いになれた。何よりも千恵が望んでいてくれたことが分かったから。これからも続けていこう。きっと天国で千恵が聴いてくれていると信じて。

〈著者紹介〉
成田たろう（なりた・たろう）
1962年生まれ。学生時代は運動部に所属。
1987年IT会社に就職し、定年退職後の現在も同社で勤務している。
50代にして、妻との「とある約束」をきっかけにピアノ教室へ通い始める。
座右の銘は「継続は力なり」で、今もなお、ピアノの練習を続けている。

千恵《ちえ》と僕《ぼく》の約束《やくそく》

2024年5月10日　第1刷発行

著　者　　成田たろう
発行人　　久保田貴幸

発行元　　株式会社 幻冬舎メディアコンサルティング
〒151-0051　東京都渋谷区千駄ヶ谷4-9-7
電話　03-5411-6440（編集）

発売元　　株式会社 幻冬舎
〒151-0051　東京都渋谷区千駄ヶ谷4-9-7
電話　03-5411-6222（営業）

本文制作　アトリエ晴山舎
印刷・製本　中央精版印刷株式会社
装　丁　　野口萌

検印廃止
©NARITA TARO, GENTOSHA MEDIA CONSULTING 2024
Printed in Japan
ISBN 978-4-344-69111-7 C0093
幻冬舎メディアコンサルティングＨＰ
https://www.gentosha-mc.com/

※落丁本、乱丁本は購入書店を明記のうえ、小社宛にお送りください。
送料小社負担にてお取替えいたします。
※本書の一部あるいは全部を、著作者の承諾を得ずに無断で複写・複製することは禁じられています。
定価はカバーに表示してあります。